我在天涯

I am in the horizon

邹书玲 著

人民交通出版社
China Communications Press

图书在版编目(CIP)数据

我在天涯／邹书玲著. —北京：人民交通出版社，2011.6

ISBN 978-7-114-09109-4

Ⅰ. ①我… Ⅱ. ①邹… Ⅲ. ①随笔－作品集－中国－当代 Ⅳ. ①I267.1

中国版本图书馆 CIP 数据核字(2011)第 092696 号

Wo Zai TianYa

书　　名：我在天涯
著 作 者：邹书玲
责任编辑：张雨佳
出版发行：人民交通出版社
地　　址：(100011) 北京市朝阳区安定门外外馆斜街 3 号
网　　址：http://www.ccpress.com.cn
销售电话：(010) 59757969、59757973
总 经 销：人民交通出版社发行部
经　　销：各地新华书店
印　　刷：北京鑫正大印刷有限公司
开　　本：880×1230　1/32
印　　张：4.375
字　　数：103 千
版　　次：2011 年 10 月　第 1 版
印　　次：2011 年 10 月　第 1 次印刷
书　　号：ISBN 978-7-114-09109-4
印　　数：0001－2000 册
定　　价：20.00 元

目　　录

西南走马…………………………………………………………… 1

鲜花·米线………………………………………………………… 1
五片花叶…………………………………………………………… 2
莫里森林…………………………………………………………… 4
火山·地热………………………………………………………… 5
余音散淡…………………………………………………………… 7
导游阿诗玛………………………………………………………… 8
大理阿鹏…………………………………………………………… 9
牦牛坪 ……………………………………………………………… 11

西北回望 ………………………………………………………… 14

西安行 ……………………………………………………………… 14
羊肉泡馍 …………………………………………………………… 15
攀华山 ……………………………………………………………… 16
敦煌看莫高 ………………………………………………………… 18
西宁郁金香 ………………………………………………………… 20
青海环湖游 ………………………………………………………… 21
宁夏美如画 ………………………………………………………… 23
腾格里达来 ………………………………………………………… 25
沙漠跋涉人 ………………………………………………………… 27

中原拾景 …………………………………… 30

看石窟 …………………………………… 30
游少林 …………………………………… 31
觅开封 …………………………………… 32

高坡·草原 …………………………………… 35

乔家大院 …………………………………… 35
云冈石窟 …………………………………… 36
悬空禅寺 …………………………………… 37
包头草原 …………………………………… 39
呼市同仁 …………………………………… 40
水之联想 …………………………………… 42
腾格尔 …………………………………… 43

塞外江南 …………………………………… 45

伊犁之光 …………………………………… 45
胡杨林群 …………………………………… 47
天山来风 …………………………………… 48
西北汉子 …………………………………… 50
游那拉提 …………………………………… 53
看喀纳斯 …………………………………… 55
走近兵团 …………………………………… 56
在吐鲁番 …………………………………… 58

香山览胜 …………………………………… 62

初识党校 …………………………………… 62
香山览胜 …………………………………… 63

卢沟晓月 …… 64
韩春河村 …… 65
航天博物馆 …… 66
杨树的眼睛 …… 67
与师一路谈 …… 68
听课的感想 …… 70
拜读杨绛 …… 71

行走在冀 …… 72

豪放张家口 …… 72
同仁荣国明 …… 74
历史的承德 …… 75
老三羊汤馆 …… 77
避暑山庄行 …… 78
参观外八庙 …… 79
走过赵州桥 …… 81
有感西柏坡 …… 82

北戴之河 …… 85

小住环境 …… 85
身在海边 …… 86
长城东看 …… 87
晨起看海 …… 88
欲说还休 …… 89

南来的风 …… 91

咆哮的海 …… 91
感受深圳 …… 92

陈家书院 …… 93
桂林即景 …… 95
走近南宁 …… 96
南方北海 …… 97
泰宁苦笋 …… 98
武夷山并不遥远 …… 100
上莲花峰 …… 102
游黄山下 …… 104
观岳阳楼 …… 106

台湾印象 …… 108

初识宝岛 …… 108
两岸三通 …… 109
台北市府 …… 110
观日月潭 …… 111
中台禅寺 …… 112
清水断崖 …… 114
台北小吃 …… 115
漫说茶道 …… 116
另类思考 …… 117

赣鄱之春 …… 120

走马龙虎山 …… 120
古衙旧联 …… 121
龟峰掠影 …… 123
云雾三清 …… 125
游陡水 …… 128
踏雪明月山 …… 130

西南走马

鲜花·米线

有机会再到云南,对它又有了新的认识。走出机场大门,见到前来接站的导游,一手举着标志牌,一手持着康乃馨,每一枝都单独用花纸包好,待我们会合时,便送给我们人手一枝。哦！美女献花的感觉真好,这让我们大大地惊喜了一下。

上车后,导游介绍说,云南是鲜花生产基地,但凡到云南来的客人,不论是出差还是旅游,一定要先让他感受到鲜花的气息和氛围。听起来很有意思,也很有哲理。记得西方有寓言说,“予人玫瑰,手有余香”。那么,予人康乃馨,就是健康又开心啦!

去酒店的路上,大家七嘴八舌地议论着印象中的云南。我曾在十年前来过,也和大家聊起我记忆中的云南来。当即有位朋友提议,晚上应该到有当地特色的小吃店去,尝尝云南“过桥米线”的味道。此语一出,立即得到一致的赞同——虽然,我们在飞机上已经用过晚餐了。

放下行李,大家飞快下楼,根据导游告诉我们的大致方向,寻找“过桥米线”去了。顺着小街刚走一会儿,就看到了不少的小饭店、小酒店,还有排档。虽然已是晚上八点多钟,店堂里还有食客三三两两进出,显示出“民以食为天”的重要性来。

我们一边往前走,一边看路旁挂出的酒幌招牌。原来这些店铺既有四川人开的麻辣火锅店,也有贵州人经营的狗肉馆,还有一些清真食味档。不过,更多的是当地人连锁经营的“米线城”。我们一行五人,就是在“米线城”里吃到“砂锅过桥米线”的。

说是过桥米线,其实就是我们老家称之为米粉的米制主食。不过,云南米线多是手工制作而成,米线看上去也有些糙,吃法亦不尽相同。比如,我们一般是先把米粉煮一道水,然后捞出滤水,再另备高汤煮食,或者加入其他佐料炒食。

云南米线的做法是:先将米线煮好沥干水分备用,再把高汤倒入砂锅里,砂锅的保温性能非常好,待大火烧得滚烫,端上桌来时,那汤还在砂锅里沸腾着。这时,赶紧把配好的肉、菜、调料等尽数丢入汤里,再将米线放进搅上几筷子,马上就可大快朵颐。吃起来味道鲜美爽口,由于是热汤,更是吃出淋漓大汗!

即使并不饿,我还是吃了一砂锅下去。呵呵!

五片花叶

云南地处我国西南部,与我们这个中部省份的东西直线距离为1400多公里。作为云贵高原一部分的云南,可谓是山高路远、风景奇特。这里的旅游资源很丰富,旅游业非常发达,一年四季都吸引着世界各地的游客,慕名前来参观游览。

云南被认定为“世界文化遗产”、“世界自然遗产”的景观就有好几处,如三江并流、丽江古城、石林等。当地的物产亦很丰富,尤其是导游向我们介绍云南经济发展情况时提到的主要产业,我把它归纳为“五片叶”。

第一片叶:花叶。昆明的气候四季如春,被誉为我国的“春城”。而春天,又是鲜花盛开的季节。昆明乃至整个云南的鲜花生产,已经成为当地的支柱产业之一,订单早已从世界各地飞来。

无怪乎当地有一句幽默话“云南的鲜花论斤卖”，可见其名声在外。这里较大规模的花卉市场有不少，小的花卉市场更比比皆是，花的品种也琳琅满目。除了鲜花，还有干花、花茶、花食品、花用品等等，当地人真的把鲜花经济做到了极致。我们在昆明只安排了半天的时间停留，也是为专门去逛花市的。

第二片叶：烟叶。早在20世纪80年代，云南玉溪卷烟厂生产的“红塔山”香烟，就已畅销全国，很受“烟民”们的青睐。二十多年过去了，其卷烟生产仍然保持着经久不衰的态势。由于这里的土壤、气候原因，所生长出的烟叶，有着较好的质量和独特的味道，再加上现代科技的跟进研发，造就了烟草业作为云南支柱产业之一的地位。

第三片叶：茶叶。“高山深处出好茶”，云南平均海拔高，适合茶树的生长，尤其是这里独有的“普洱茶”。正是由于普洱茶的名气，以生产普洱茶出名的思茅县，也打上了“原产地”的印记——改名为普洱县了。因此，大凡到此出差或旅游的人，都会慕名带上一些当地的普洱茶回去，自己喝或是分送给亲朋好友，也算是有品位的佳礼。

第四片叶：药叶。我一说大家就明白了，对，云南白药。云南的高山气候，很适合三七生长。而以其为主要原料的云南白药，早就是国家的招牌中药。记得我小时候就用过这药，止血效果奇好。听说，如今又有更多的系列产品推出，而且，仍然属于国家保密配方的范畴。把民族药业做到这么发扬光大的分上，的确令人叹服！

第五片叶：旅游叶（业）。这是我的归纳。试想，如果没有云南旅游业的蓬勃发展，没有对外宣传的影响力，就难以吸引那么多的游客，也难以带动第三产业及相关企业的发展，更不会有前面“四片叶”的茂盛生长和蓬勃的市场。

小时候，多次看过以云南为题材的电影《五朵金花》和《阿诗玛》。如今，云南人已经把所有的外来女性都冠以“金花”或“阿诗玛”的称呼。而那四片当地的特产“叶”加上旅游业——这健康的无污染产业，就形成了美丽的“五片叶”。它们犹如五朵金花，把云南装扮得更加光彩照人。

莫里森林

在瑞丽的短短时间，除了参观中缅边境的畹町桥，我们还亲历了神秘的“莫里森林”。

据说，莫里有一部分是原始森林。山上有亚热带和热带的树木1500多种。我孤陋寡闻，过去只知道西双版纳的原始森林。于是问，既然有如此美景，为何一直没有对外宣传？答曰，因为莫里的原始森林面积不是很大，而且又在边境线上，过去是不对外开放的，所以外面知者不多。

如今，瑞丽这个边境小城，已经成为东南亚贸易通关量最大、最繁忙的通道。因为来往的人多了起来，再加上对外开放的政策，以及人们对美的追求和探索，莫里的知名度越来越高，也就来者渐众了。

莫里的气候与云南大部分地区相似，气温偏高，雨水充沛，阳光充足，适合花草树木生长。我们在莫里看到，除了为上山专门修出来的那条小路外，凡是有土的地方，都被绿色植物所覆盖。用医学上的话来讲，这里的氧气充足，空气中的负离子含量高，对呼吸非常有好处。的确如此，这里的山不是很高，坡也不陡，缓缓地往上走，一点也不觉得累，一个多小时走下来，反倒令人生出神清气爽、呼吸顺畅的感觉。

我们几人都是带了相机去的。虽然档次不一，但大家还是很投入地拍摄着大自然的美好风景。参天的大树、娇艳的花朵、跳跃的溪流……真是目不暇接。大家一边走一边欣赏，同时用相机把自己喜欢的景色拍下。所谓爱美之心，人皆有之。

不禁感慨起来：在这十二月的季节，当我们那里正寒风呼啸时,这儿却温暖如春,风景独好。满山的绿树、各色的花儿,令“摄友”们快门不暇。我注意看了一下,花开得最多、最好看、最吸引人的,是火红的三角梅和摇曳的扶桑。这两种植物都属于灌木,长得又快又好花又多。特别是三角梅,由于它的藤状韧性,当地人还用它来装扮门楼、凉棚等。我们后来去“独木成林”景区时,见那洗手间的门楣上,居然也爬满了三角梅!

“山中只见藤缠树,世上哪见树缠藤”,莫里的森林,有数不胜数的合围大树,有许多叫不出名字的珍稀植物,还有那盘根错节、藤树交缠的“老原始”。那些不知长了多少年的老藤,粗壮、弯曲,看上去还有些干枯,但却有着顽强的生命力——它们顺着树枝而上,盘下来又扎根入土;再长出新藤,开始攀爬更高大的树干。那缠树的藤,并不会把树缠死,它只是依附着大树,使自己爬得更高、长得更好。而大树呢,也因为枝干有藤的缠附和扶持,更加稳固地屹立在深山之中。在山中,藤与树是相互依靠、相互伴生着的。如此,适应了大自然物竞天择、生生不息的规律。

莫里森林还有一个看点,就是莫里瀑布。从我们上山伊始,顺山而下的清澈溪流,就一路陪伴着我们。越往前走,水流越急,落差也越明显。在离瀑布大约还有 100 米远时,耳边就能听见轰鸣的水声,在山谷中回响着。到了近前,果然看见飞流直下,如珍珠播撒!微微如汽的水雾,不动声色地就爬满了镜头。因为惜物,不敢大开“摄”戒,便只好以眼观为主了。瀑布是笔直而落的,湍急如泻。但那源头的“真面目”,却被左右斜长出的几棵大树遮蔽着,始终探究不到。于是想,如钱钟书先生所言,吃了一个鸡蛋,并不一定要知道是哪只母鸡下的。那么,就让朦胧给莫里瀑布增添更多的神秘感吧!

火山·地热

腾冲,因其独有的火山地质地貌的大、小空山,和至今仍地热如滚的“热海”，被命名为“国家火山地热地质公园”。奇景令人叹为观止。

腾冲的几次火山喷发，形成了温泉、湿地等。大、小空山的喷发是在两万多年前，而距大、小空山几十公里远的另一处山体，据说其最近喷发的一次，距今才300多年的时间。如今，在古火山的原址已经建起了火山地质公园。我们看到，公园大门口外不远处，一座“火山博物馆”正在建设。

为了亲眼见识岩浆喷发以后所形成的山口，我们爬上了小空山。据说，由于该火山喷发后凝结成以“玄武岩”为主的地貌，使岩层形成了许多空孔，只要一下雨，雨水全都会渗到地下去，所以深坑显得干燥。在询问了一旁的工作人员，得到许可后，我们顺着小道走了下去，与火山口进行“零距离接触”。

如果我事先不知道情况，那么一定不会认为这是火山口——它与意大利维苏威火山一点儿也不像：维苏威火山上没有一棵草生长，而在这里，我们看到的是一片苍翠碧绿。在它周围的山坡上，也同样树绿、山青、水秀。早晨的雾霭从山间慢慢升腾，升到山顶形成一朵朵白云，袅袅娜娜地舒卷成各种形状，煞是好看。

“热海大滚锅”的名字用在这里，真是恰如其分——102℃的水，日夜不停地沸腾着。当地村民“就地取材”，用滚锅里的水来焖鸡蛋和蒸花生。但是，毕竟热能太多而综合利用较少，据说，光是这口大滚锅的热能流失，约合每年烧掉21万吨煤。可惜！

参观游览的门票含了温泉费在内。既然已来，为避免浪费，便趋众去泡了一回温泉。因为我们当地也有温泉，我曾经去过宜春的明月山、星子的天沐，所以大致知道温泉的情况。下水后感觉腾冲温泉的水质还是不错的，不过由于腾冲地处边远，而本地消费还不太踊跃，所以温泉的开发规模并不大。好在游客多是外地来观光的，为了体验，大都会下水去试一试。如我这般，体验性地泡了20分钟，即浅尝辄止地上岸去了。

出了温泉，顺着景点线路，还参观了怀胎井、珍珠泉、蛤蟆嘴、美女池等。其实，这些也就是根据不同的温泉外观而起的象形性名字。其中有一条硫黄溪，一路流过来浓浓的硫黄水，上面热气飘浮，没人敢去试试那水温。据当地人讲，烫人着呢。路旁边，还竖立一警告牌，上写："危险！水热爆炸，请快速通行！"的确有些冒险的意思。

余音散淡

在云南参观的时间有限，不少东西也没有仔细去看究竟，只能算是"走马看花"而已。所以，就把这些零零星星的所见所闻一起搁在这篇里，就事论事罢。

在火山主景点看过后，我们还就近参观了周边的景点，这些景点也都与火山有关。

一是"柱状节理"。这是火山爆发后，经过挤压形成的地貌奇观。因为此景在山对面的悬崖处，所以只能"站在这山望那山"地远眺。那沿山脚"扶摇直上"到山顶竖状排列的大石条，似乎被巨大的力量推动着、挤压着，形成了现在下宽上窄的柱状山体貌。在地质公园的入口处，我们曾近距离地看到从远处搬移来的零星"柱状节理"石，庞大而坚硬，的确是一奇观。

二是"北海湿地"。北海湿地其实也是火山爆发后形成的。这里的湿地是真正的沼泽，我们前往湿地深处时，只有一条用木板修成的栈道可以行走。如果穿的鞋方便，还能到栈道旁边的水草地去试着踩一踩，感受一下地面摇晃的感觉。

"北海湿地"保护得比较好，这里成为旅游景点已经多年。湿地覆盖所见，到处长满芦苇、菖蒲、甘蔗、茭茭草等适宜生长的植物。只是在靠近村子的一侧，已经有一部分被开发为农田，并种上了农作物。据说当地政府正在做"退耕还沼泽"的动员工作，不知现在收效如何。

此外，还想再说说云南的玉。云南是众所周知的著名玉石集散地，尤其是我们这次所到的瑞丽、腾冲。由于事先并没有作买玉的打算，也不懂玉的好孬，所以到了玉器市场，面对琳琅满目、标着天价的玉饰，居然无还价之招。一位当地的驾驶员告诉我们，这里的玉石市场有三种买卖：一是疯子，以赌石为主；二是傻子，以买玉为主；三是骗子，以石头充玉骗人上当为主。想来，如果要做大、做强、做长久这个玉石市场，还是要有个规范才好。比如，在品质、价格、管理等方面要改善。如此，才能使游客乘兴而来，满意而归。否则，除了那些有钱人，一般百姓只有“望玉兴叹”了。

导游阿诗玛

云南石林距昆明市区约150公里，我们去时路况还好，两个小时即抵达景区。

石林是著名的风景游览区，周边居住的多为撒伲族人。陪同我们参观的导游也是撒伲族人，而且她的家就在石林景区附近。因为有了《阿诗玛》的电影，如今当地人都把小伙子叫“阿黑”，小姑娘便叫“阿诗玛”。我们也入乡随俗，称呼这位20岁的导游小崔为阿诗玛。

石林的山并不算高，但要沿山看景，还是得随着山路上山下坡。两个多小时的参观，导游除了给我们介绍一路景点风貌外，还插空给我们讲了些当地民族的婚俗——因为走到路上突遇下雨，我们在山旮旯里躲雨，导游为了活跃气氛，便给我们介绍了这些民俗。听后觉得挺有意思，也在这里作个“义务宣传”。

导游阿诗玛介绍，每年的农历6月24日，是撒伲族人的“相亲节”。在这一天，年轻人利用赶集的机会相聚相约。姑娘们穿着漂亮的绣花衣服——她们在10岁前就开始由老人们教做女红，就是为了相亲时将自己打扮得更加美丽。

这天，她们背着绣花荷包，荷包的带结是活扣，很容易就可以解开的那种。因为大家在聚集时,如果小伙子从姑娘的头饰上看出她还没有找人家,而心里又喜欢她,就要主动过去“抢荷包”,以示爱慕。如果姑娘没有看中抢荷包的小伙子,便会请要好的女伴帮助拿回被抢的荷包。若是姑娘看中了小伙子,愿意和小伙子交往,那就随他抢了荷包去。随后,男方请来媒人,选好日子去提亲。待女方同意,便可举行小婚(定亲)了——当然,仪式之前男女双方还要进行无数次的接触、对唱山歌等活动。小婚时,全村的男女老少都会前来凑热闹,大家一起喝酒唱歌,并且定下大婚的日子。

到了大婚,新郎家要先着人送礼物到新娘家,新郎本人则要从山下挑一担清水上新娘家。新娘家的门可不是那么容易进去的,还要对唱山歌才能叫开门——不过可以请自己要好的哥们儿一块参加。如果对不上歌,新郎就得一直将水担在肩上而不能放下,这也是对新郎身体是否健壮的一种别具一格的考验。待到唱得门开,赶紧把新娘接回家,正式婚宴即可开始——这时刚好到了晚饭时分。

婚宴上,新郎要把自己家酿好的米酒拿出来喝,还要炖上各样当地特有的山野菜品。饭后,大家再聚到村外的草坪,燃起火把,堆上篝火,围在一起跳撒伲民族舞,直至夜深兴尽散去。结婚以后,新娘头饰的侧板方向及额前的七彩就要随之改变了,因为撒伲族已婚女性的头饰只能是红与黑的双色。

导游阿诗玛很投入地为我们介绍着,我们亦被她的热情所感染,大家纷纷与她合影留念。从导游阿诗玛身上,我感受到了撒伲族人民对美好生活的热爱和向往。在此,也为美丽善良的导游阿诗玛送上我诚挚的祝福。

大理阿鹏

“大理三月好风光,蝴蝶泉边好梳妆……”电影《五朵金花》为我们描述了一个风景优美的大理,同时也让我们认识了勤劳可爱的“金花”们和“阿鹏”们。

晚上，我们从昆明出发，经过一夜的火车行程，到达大理时天刚微亮。一出站，便有一小伙子走上前来，主动与我们搭讪，问是否要搭车进城。考虑到我们事先没有联系当地接站，又人地两生，这位小伙子从火车站进城的要价也合适，于是，我们一行六人便上了他的小面包车。上车时发现，车上还有一位与他同来的年轻女孩。

进城的路上，大家开始七嘴八舌地向驾驶员打听起情况来。他先作了自我介绍，说他姓赵，今年27岁，白族。而身旁坐着的女孩，则是他家的金花。在大理，女孩都被称为金花，小伙儿自然叫阿鹏了。自从《五朵金花》公映以后，当地人就开始这样叫了。如此，我们便入乡随俗地管他叫“阿鹏”。

经过路上的聊天接触，我们觉得这个阿鹏还比较实在，于是又决定包下他的车，请他当驾驶员兼导游，并把我们送到丽江。一来他熟悉当地风情，二来也免去大家再为行程的事情奔波。

阿鹏家的金花，也是个导游，她先在半路下车去接别的旅游团了。阿鹏则开车载着我们，到大理古城吃早餐。下车不远的一条小巷里，阿鹏带我们到一家特色小吃店，每人吃了一碗牛肉饵丝——就是用米粉做成的、有韧劲的粗粉，上面浇上牛肉，放上葱、姜、醋、辣椒等调料，吃起来很有嚼劲，且辣中带酸，好吃！临走时，还买了两个“喜州粑粑”——喜州是地名，“粑粑”是用和好的面炸或烤的饼子，有甜有咸，当地人喜欢用它当早餐。路上我们每人掰着吃了一块，味道果真不错。

“云南十八怪”的顺口溜里，有句话是“把湖叫做海”——不管是什么水面，大大小小均称之为海或海子，比如我们看到的洱海。

看洱海是要乘船的。洱海中间有个小岛叫金梭岛，岛上是典型的白族聚居区。除了在洱海打鱼，该岛岛民另一个赚钱途径，就是把岛上的白族特色建筑及百姓生活风貌作为旅游项目，供游客参观。兼带出售些自制的、颇具民族特色的工艺品。

我们上得小岛，路过村子的一所小学旁，听到里面传出了朗朗的读书声。由此感到，白族人民正在与建设现代化社会融为一体，并为使其后代成为有文化、有知识的优秀人才而努力着。

后来，阿鹏又带我们参观了大理三塔、古城旧址、苍山等景点。在苍山，阿鹏还向我们介绍了“风花雪月”的白族习俗。中午就餐时，阿鹏推荐了些当地有特色的山野菜，如鸡头菇、马桑花、金雀花、白杜花等，清香爽口，的确有特色。

离开大理时，阿鹏又特意到路旁小店买回两盒《五朵金花》的音乐磁带，说是要让我们在车上听着白族的歌，更多地了解阿鹏们和金花们，也了解大理、了解白族。

不知不觉，我们的车到了丽江。阿鹏虽是大理人，但由于他一直承接旅游业务，经常到丽江送客往来，所以对丽江并不陌生。一路上阿鹏边开车，边给我们介绍当地的风土人情、主要景点以及故事传说。参观过丽江古城和玉龙雪山后，他的任务也算完成了，因为我们下站是乘机回昆明。

阿鹏与我们告别时，大家纷纷要他留下名片。由于他的服务好，价格公道，大家打算以后有机会再来或有朋友来时，仍然要和他联系。通过两天的接触，大理的小伙子阿鹏，给我们留下了良好印象，从他的身上，我们感受到了白族人民的勤劳智慧和淳朴实在。

于是想，云南作为旅游大省，除了它本身的美丽风光和独有的民族特色外，还有一大批像阿鹏一样为当地旅游业发展而做好服务的人。他们在使游客得到服务的同时，也为自己获得了一份收益，这在无形中推动了当地旅游经济的前行。

牦牛坪

从丽江到玉龙雪山约两个小时的车程，“阿鹏”小赵带我们取道牦牛坪索道上山。据说，这是一条去玉龙雪山的远路，但也是最好看的。

已是四月下旬，牦牛坪的温度却非常的低。小赵建议我们在山下租借大衣穿着上去，否则，像我们这一身“短打”的装束，非得冻住不可。

乘索道上去后，还要走过一段栈道。栈道形状蜿蜒，曲折向上延伸。听说也是为了使游客在上山的过程中，适当缓解缺氧状况而为（这里的山顶海拔有3000多米）。

沿着栈道搭了一些木板房——那是藏家人的小吃卖点。我们人还未近，耳边就传来一阵带有浓浓藏族风情的歌声，此起彼伏。近前看，都是一些十七八岁的藏族姑娘，在用“原生态”的嗓子唱着《青藏高原》，很有民族的味道。

每个木屋子旁都搭着一个小平台，放了几套简易的桌凳，供游客们歇息。平台边缘一角，架着个煤球炉，座上放一只大铝锅，烧着开水。旁边的炭火上，几串牦牛肉飘出诱人的香味；两只烤得焦黄的玉米，正发出水火相遇时的嗞嗞声。我们坐在那儿边品尝着牦牛奶、酥油茶、牦牛肉串，边听小姑娘唱歌，并踊跃与她合影，因为她穿的是“原汁原味”的藏民族服装，很有特色。

上山的岔道口，几个小伙子牵着装扮喜庆鞍座的牦牛，供人们拍照，多少收些费用。我们好奇，也图个热闹，穿上民族服装，坐上牦牛背留了个影。因为生怯，照片洗出后，横竖左右看，都是肌肉紧张而惊恐的样子。

同来的有几位还想走上山顶。我们余下的人因怕缺氧不适，没有再去领略山顶的风光。于是沿着小道返回山下的小木屋——租借大衣的地方，边在那里烤火，边等待同伴们下山。

渐渐地缓过暖来，感觉舒服了许多。在山下，穿两件衣服足够。而到了山上，穿大衣都难御寒冷，风一吹过，就有“寒从心上起”的冰冷感。可见，人的生理习性相对于大自然，还是挺弱势的。

过了个把小时，上山的人才下来。他们也没有走到真正的牦牛坪，对玉龙雪山更是遥眺而已。毕竟太远了，真应了谚语所说，“看得见，走得厌”。但他们仍然很兴奋地描述着，说越往上走风光越好看，而且还有不少藏民在高山上放牛、唱歌。有位同伴把他们的歌声录在了小录音笔里，带下来放给我们听。里面传出了一位约五六岁小姑娘的歌声，其天真纯洁的童音，真有天籁之声的韵味，令我们倍感清新。

西北回望

西安行

那年，儿子还在读中学，适逢暑假，说是想出去旅游，并选定古城西安。于是，立即请了公休假，买好火车票，陪着儿子到此前我们都未去过的西安。南昌到西安的火车虽然是直达，但途中要运行23个多小时，当晚上车，次日傍晚才能抵达。

举世闻名的秦始皇兵马俑，是我们早就期待前去参观的地方。过去，已经有许多媒体和文字，对这座世界"第八大奇迹"做过大量且详细的介绍和评说。于是想，秦始皇当初的墓葬规模，倘若不是庞大得如此空前绝后，便不会有今日的奇迹发现，我们更无从了解古人竟有如此的聪明智慧，建造这奢华的皇家陵墓。

一走进兵马俑展厅，只见那不同姿态、不同面貌、不同表情、不同服饰却又与真人大小无二的陶俑笔直地站立着。那阵势、那神情，那穿戴……想必其中一定积淀着许多悲壮、动人的故事。据说，当初的陶匠为了制作这些陶俑，还专门请来那些有官阶的文官武吏们充当"模特"，才得以塑造出这各有特色的"千面俑"。或许，这就是我国最早的艺术模特雏形？

兵马俑博物馆附近的村民，在游客如云的环境下也积极"与时俱进”——为了更方便地推销当地旅游产品(如布艺、小陶俑、剪纸等),村里专门从外语学院请了老师,给村民教授一些常用的外语。这些常年生活在农村的村妇、老人,那常用的英语说得真是“倍儿顺溜”。这现象,恐怕也算是由世界文化遗产衍生出的另外一个乡土“文化奇迹”吧。

在西安的两天,我们还登上了钟楼、参观了城墙、游览了大雁塔等名胜。从高处远眺城市的市容市貌时,对西安城区的道路走向印象最深:只见那经竖纬横、笔直有条的道路,竟如同设计师在纸上画出图后贴上去一般规整。从此端延伸出去甚远的、宽而直的彼端道路,尽收眼底,给这座古城架构以更加牢固、舒展的印象。

这座古城有着十三朝为都的历史,而这座古城的人们居然能够经年久月、历朝历代地承奉前人,修筑成、维护住、保存好这座规矩有度的古京城。据说,西安后来的领导者们,也不拂古意,对城市进行新的规划建设时,均在原有的基础上进行,使古都与新城风格融合一体,并以其雄厚悠远的历史,吸引更多慕名而来的世界各地的旅游者。

西安,初次相识。虽然有些浮光掠影,但浅窥之后,留下了一个挺好的印象。

羊肉泡馍

西安“老孙家”的羊肉泡馍,被当地人称为“天下第一碗”。记得上次小弟来此出差时,曾经带回几包速食的泡馍,儿子非常喜欢,吃过之后一直说好,念叨着什么时候还能吃到这美味食品。因此,这次到古城西安,心里记挂着:得空时一定要去逛逛商场,买些羊肉泡馍回去。

那日,陪同的驾驶员带我们参观完景点后,已临近中午。正准备找个地方吃午饭,便在街上转悠,看看有什么合适的吃食。巧了,路过一个街口等红灯时,见旁边一饭店门口挂着一显目的大匾,上写“天下第一碗”,边看边念出了声。驾驶员告诉说,这是当地一家有名的羊肉泡馍餐馆,这可真是合着我们的心意了。立马找地方停好车,就进了这个“老孙家”羊肉泡馍馆。

走进“老孙家”的门,就能理解“民以食为天”的含义了——到处人头攒动、热闹非常,每张餐桌前全坐满了人。我们东张西望、挤挤艾艾的,一直找到三楼,才发现近门口有一张刚刚离席的空桌。赶紧坐下,每人要了一份羊肉泡馍。服务员以最快的速度端来3个大海碗,每个碗里放着两只扁扁的硬饼子——这就是馍。洗过手,各自开始掰馍。谁先掰好,谁的碗就可以端到楼下去泡汤。

掰馍,对于我们这些平时连面食都不常吃的南方人来说,可不是一件容易的事儿。刚掰几下时还有点新鲜感,接下来便有些手不应心了。而且,那掰的形状、大小也是参差不齐的。自己还不觉得,等掰完之后和当地人所掰的馍一比较,才发现我们掰的馍饼块大、不均,掰的速度还慢。呵呵!

把馍掰好之后,服务员马上端去厨房加工,并在每个碗边做好记号,绝对不会弄错。而且会事先问好你:是要加牛肉汤还是羊肉汤。我们几个加的都是羊肉汤,因为我们那里少有羊肉。很快就加工好端上来了,还有腌蒜、香菜、辣酱等一些小菜,可以随个人喜好自己加上。开吃起来,那种麻、辣、香、鲜的感觉,吃得人浑身热乎。那一大海碗的泡馍,最后居然被我吃得个精光。

我觉得意犹未尽,出餐馆前,又在店里买了一些袋装的速食羊肉泡馍,带回家饱儿子的口福去,希望在南方能继续品尝到西北的风味,延长对古城的记忆。

好正宗的羊肉泡馍!正是:吃一方特色,创一方风格,添一方名气。

攀华山

华山在陕西渭南县境内,其中的“渭”,便是成语“泾渭分明”

中的渭水。此处距西安市区百余公里,但交通非常方便,有高速公路可直达华山脚下。

“自古华山一条道”,形容的是华山的险峻。我们从进山的景区图上看到,华山的险峰分布在东西南北全方位,如果不乘缆车而直接从山下走上去,恐怕用一整天的时间都不够,尤其是对于我这样平时不锻炼的人。所以,我们先乘缆车到山腰。

北峰是我们上到华山的第一座峰,海拔在1600米左右。在华山所有的险峰里,它算不上高,但它却是从山外进来的必经之路。所以,一般都要先通过北峰,然后才能去到其他的几座峰。

华山的每座山峰都是相对独立的。从这座峰到另一座峰,一定得从原路返回后再行进,难度较大且需时较多。尤其是从北峰到西峰去的路上,有一处名为“苍龙岭”的地方(又称“鱼脊背”),山路既陡又险,有些路段非得手脚并用,才能完成攀爬。的确是既练意志胆量,又练体魄耐力。

华山的最高峰海拔2154.9米,我感觉,华山的地势、风貌和特点,唯有两字可以形容:险峻。那以岩石为主结构的山峰似刀削般笔直,“壁立千仞”也不过如此。如果正好因天气原因而云环雾罩时,给人的感觉则更加神秘莫测。五岳我也先后去过,若要论起险峻,恐怕其他四岳都是无法与西岳华山相比的。

山边的悬崖峭壁上,傲立着松树和其他不知名的树木,它们的根系沿着石缝顽强地攀缘着,经年累月,终至长成大树。但凡石缝中有一点点浮土的地方,都有灌木丛或杂草在自生自长。看上去虽不起眼,却能够衬托出大树的绿冠和高山的伟岸来。

有些执著的旅游者,为了到山顶感受日出的壮丽,通常是从晚上就开始登山。他们打着手电,肩背旅行包,沿着羊肠小道徒步攀爬。一般需要一个晚上的时间,才能到达山顶。待天亮后再回望上山的来路时,多数人都会惊出一身汗来——因为晚上只顾低头走路,周围黢黑不知其险,而白天却将一路险处尽收眼底。

从北峰下山时，有一段很陡的小道笔直插下，石壁上刻有“智取华山之路”，据说这是解放战争时，我解放军攻取华山的唯一通道。如今，这里已经修好了台阶步道，安装了扶手铁链。但毕竟险峻，走过去时仍然让人感到心颤和紧张。试想当初攻占时的情景，会是如何的惊心动魄！

华山之险峻，天地造化，鬼斧神工。其景色之壮观，山峰之陡峭，道路之险要，不愧为“西岳”之峰！虽然初次领略华山的风光，但那“险峻”二字，已是深深地印在了脑海。

敦煌看莫高

这次到敦煌，发现这又是一个离火车站较远的城市——我们上次在吐鲁番乘火车，也是先乘了几十公里的汽车到城外火车站。据说，这个敦煌火车站过去被称为柳园火车站，只是因为敦煌的知名度和旅游需要，便改称为敦煌火车站。不过，据说目前正在市区兴建的敦煌火车站，即将建成并投入使用。这样，“敦煌火车站”就名副其实了，而柳园则仍然是柳园。

从柳园到敦煌大约有 130 公里。道路虽然只有双车道，但路面很平直，且汽车往来不多，会车的时候亦少，所以比较好走。道路两旁是典型的戈壁滩，稀疏地生长着一些矮丛红柳和杂草。远处的山上，没看见几棵大树——因为这里比较缺水。记得我们在途中曾请驾驶员到有水的地方停一停，毕竟坐了一晚上的火车，想“修整”一下。但一路行去，既无村庄也不见河湖。一问，需得再行 70 多公里，才会经过一个小镇，那里才有水源。大家一听，只好作罢。

多年前，看过舞剧《丝路花雨》的介绍和评价——那是对敦煌最早的感性认识。后来，又读了余秋雨先生的《文化苦旅》，其中说到经过考证有王道士卖经书的史实，就想什么时候能去看个究竟。尤其把反弹琵琶的经典舞蹈，通过壁画动作的形式表现出来，非常具有民族特色。由此,更加深了对敦煌、对莫高窟的神往。

远远地看见山和水,我们就猜到那是月牙泉和鸣沙山。难以想象,在如此干热气候的沙山之中,居然有一弯不会干涸的泉水,那令人意外的月牙泉。虽然那小小的月牙泉,于我们江南水乡而言,的确不算什么。但这一泓泉水,长期在四面黄沙的逼侧下,竟保存至今,也是个奇迹吧!

正值酷暑烈日,鸣沙山的热气扑面而来,犹如在一个大"桑拿"的环境里,不禁又记起在吐鲁番看到的火焰山。虽是中午时分,但大家不想错过亲身体验的机会,个个饶有兴致地脱掉鞋袜,手脚并用地往沙山上攀爬。彼时那热沙非常烫脚,有人想出了"小步快走"的办法,最终上到了坡顶。

莫高窟是代表敦煌的最好词汇,在莫高窟,我们感受到管理人员对文物保护的重视和管理的精细。他们为了保护洞窟不被氧化,在每个窟前都封了墙、安了门、加了锁。待游客进入才会开门,并分批组织参观。一但看毕,又立马上锁。每批游客也不是随心所欲就能看遍洞窟,而是由工作人员在400多个编号的洞窟中,每批安排进10个洞窟参观。当然,一般大家都会选择比较有代表性的。为了防止对壁画的伤害,参观莫高窟的注意事项里还提到,不准带相机进窟,更不允许在洞窟内拍照。为了方便大家遵守规定,入口处还专门设有存放相机点,临时给予封存保管。

听导游介绍,由于那时王道士卖掉不少经书,使得窟里所存的历史古籍和典藏等,很大一部分都流散到国外去了。中华瑰宝流失海外,令人感到遗憾和痛心。不过,有时回过头来做个假设:那些散落到海外的经书,经过多渠道的传播,引起国际上更多的人关注敦煌,并潜心去研究和破解莫高窟的历史,使它作为文化遗产的价值,远远超过了与它同时代的其他洞窟。

敦煌壁画的优美壮观,形态变化充满神秘感,飞天意境更牵起人们无数遐想。今天,莫高窟聚集了不少的专家学者,在保护古迹的同时，还担负着复原破损壁画的工作，以给后世留下珍宝。不禁感叹：古人当年在这样一个荒无人烟的偏僻所在，是如何创造出这令世界感动的文化奇迹。

西宁郁金香

伟人毛泽东曾以"江山如此多娇"的诗句，把祖国大好河山高度概括。的确，960万平方公里的土地上，处处春常在，美无限。有时端详着中国地图，眼光总要投望到还没有去过的地方，比如西北。想着什么时候有机会，一定得饱览这多娇的江山。

那年，我随同参加了每年五月初在西宁举行的"郁金香节"。人还未去，脑海里就响起了王洛宾先生改编的青海民歌"跑马溜溜的山上，一朵溜溜的云哟，端端溜溜地照在，康定溜溜的城哟，月亮弯弯……"是啊，长期生活在南方，久浸江南的文化和习俗，能到西北地域，浅品"月亮弯弯"的民族风情，又是一种全新的感觉，是非常有意境的事情。

西宁市位于青海省东部，湟水中游的河谷盆地。市区海拔为2261米，属大陆性高原气候。这是一座有着2100多年历史的高原古城，以回、藏民族为主的多民族聚居地。这里过去曾经是唐蕃古道、丝绸南路要道的所在，也是现在青藏铁路和青藏公路的起始点。

初到西宁，便体会到了西北气候之独特。与江南比较，这里的海拔普遍较高，属地理上的青藏高原。而且气候比较干燥，太阳似乎也离地面很近，阳光极具穿透力——凡是阳光照着的地方都非常热，但有阴凉的地方还算舒服。这里的早晚温差也较大，比如5月2日，气温为4-27℃。人们总结西宁的气候是：气压低，雨水少，蒸发量大，太阳辐射强，昼夜温差大。不过据说西宁的夏天很舒服，是天然的避暑胜地，所以人们又称之为"中国夏都"。

西宁作为全国独一无二举办"郁金香节"的城市，据有关专家进行科学考证后说,这里的环境条件和气候温度都很适合郁金香花的生长,甚至较之荷兰还要好(荷兰的国花就是郁金香)。而且在西宁培养的郁金香不长虫,更可与郁金香种植的鼻祖土耳其相媲美。所以,西宁在前几年就开始发展特色花卉产业,每年都要举办"郁金香节"的活动。

西宁市的南山公园,是郁金香集中栽培的一个花卉基地。我们在这里观赏到的郁金香的确很漂亮,五颜六色的花儿,被一片一片地栽种在不同的地段,形成灿烂的郁金香世界,看上去感到非常温馨。我们知道,郁金香的每个球茎只有开一朵花的生命,那花儿从叶片中心径直长出,亭亭玉立,高雅宁静。以前总以为郁金香是外国才有的花儿,没曾想,多年后居然在西北的大地上看到了鲜艳欲滴的郁金香,而且还是我们自己培育的!不知道这么娇贵的花儿,培植起来会有多大的难度。

记得小时候读过一本外国小说,是著名作家大仲马的《黑郁金香》。书中描写的故事,就是围绕培植黑色郁金香的球茎来展开的。其中有关案件的侦破情节,看得人惊心动魄呢。呵呵!当然,其最核心的部分,还是黑郁金香的培植。

听说西宁现在的市花是丁香花。不过目前在西宁,郁金香的名气似乎有盖过丁香的趋势。不知道今后西宁会不会重新考虑市花的选择?

青海环湖游

青海湖距离西宁市 151 公里。这次青海之行,除了在西宁的 2 天活动,我们还参观了青海湖。

去青海湖的途中要经过日月山——这是一座与传奇故事联系在一起的"神山"。这里的海拔约 3000 米,像我们长期在低海拔环境下生活的人,在这儿稍微跑动几步,就觉得胸闷气短。所以近山顶下车稍作停顿时,大家都小步慢走着。导游在介绍日月山的景点时,还向我们描述了有关它的美丽传说。

据说,这座日月山的名称与文成公主进藏有关。当年,唐太宗为了熄灭战火,使汉藏人民世代和好,将宗室女儿文成公主许配给了藏王松赞干布。当年文成公主进藏时,就是从这里经过的。文成公主行前,其母送了一面日月宝镜给她随身携带,以解她思乡之情。因为只要想家时打开镜子,就可以从镜子里面看到自己的家人和家乡。谁知,由于她的贴身侍女被收买,偷偷把宝镜换成了石镜,这使文成公主无法在镜中看到家人,只好一步一回头地向西走着。因为日月宝镜的事件就发生在这座山上,便把这山称之为日月山。后来,人们又在山口建了一座日月亭,塑上文成公主的雕像供人们瞻仰,以纪念文成公主进藏和亲的大义。

青海湖是我国内陆最大的咸水湖。其面积为4583平方公里,其中长为105公里,宽为63公里。我们经过的日月山,就在青海湖的东面。站在青海湖岸边举目远眺,只看到无边无际的湛蓝色的湖水,与蓝天白云相映成水天一色,在阳光的映衬下波光粼粼,非常好看。青海湖的特产——湟鱼(又称青海湖裸鲤)是湖里唯一的鱼类,也是国家保护的鱼种。湟鱼的生长速度非常缓慢,当地有条例规定不得捕捞。

青海湖也是候鸟的天堂。这里建有"鸟岛自然保护区",是斑头雁、鱼鸥、鸬鹚等10多种候鸟的良好繁殖场所,国家级的高规格鸟类研究机构就设在附近。我们走上鸟岛时,鸟儿们大都出去觅食了,只有一些鸥鸟,在圈起的领地里悠闲地踱着步。不过,在鸬鹚岛,我们看到了壮观的一幕——一个小小的山包上,居然站立着几百只鸬鹚!它们时而腾空飞起直扑水面捕鱼,时而以饱腹的满足神态站在山包上伸脖张望。可见,青海湖的确是一个很好的候鸟栖息地。

环青海湖的公路,是按照国际公路自行车赛事标准修建的。由我国主办的"环青海湖国际公路自行车赛"每年都在这里举行,至今已举办了好几届。据说,这是世界上最高海拔的国际自行车赛事,每年都会吸引不少国际上的公路自行车好手前来参赛。

环湖回西宁的途中,我们经过了海晏——那是我国最早的“原子城”,即我国第一颗原子弹爆炸的地方,也是“两弹”的研发基地。当年,“原子城”成功进行的核试验,使我国的国际地位得到了极大提高,人民扬眉吐气。如今的原子城,早已不见了往日的神秘,取而代之的是环境安宁、草长莺飞、牛羊遍地的祥和。

宁夏美如画

宁夏,它动听的“花儿”,作为一种民俗艺术的表现形式,以其独特的美感记录历史、反映现实、抒发情感,展现民族特色,也打动了我们的心。今天终于有机会到宁夏回族自治区走走,了解这里古老的文化,探寻勤劳智慧的“花儿”与“少年”,是如何扮靓西北这片神奇土地的。

我们从银川机场出来不久即到了城区。得到的第一印象是:整洁漂亮的城市,空气清新的环境,高楼林立的街道,郁郁葱葱的树木。通过银川人的努力奋斗和积极进取,在这干旱少雨的西北,使气候里少了些干燥,使山水间多了些灵气。

银川市区的沙湖,是一个很有特色的沙漠自然景点。在湖的这边乘船,渡十几分钟就到对面的沙山。走上沙坡高处,可以一览沙湖的全貌。沙坡前,栩栩如生的沙雕,体现出艺术家们对美好生活的热爱;湖面上,被风摇曳着的芦苇,发出轻柔而好听的“刷刷”声。沙湖的水与沙丘的景遥相呼应,水上的游船与山上的沙雕相映成趣,美丽的自然风光,吸引许多外地游客流连忘返。

抗倭名将岳飞的《满江红》词,脍炙人口,其中有一句“驾长车,踏破贺兰山阙”。可见,贺兰山在过去和现在,都是兵家必争之地。我们宁夏之行的第二站,就是前往贺兰山参观,一来想亲身感受岳飞诗词中提到的贺兰山之地貌,二来可参观闻名遐迩的

"贺兰山岩画"。

贺兰山,在祖国众多的大好河山里,它的确算不上巍峨,也没有险峻的感觉。但是,贺兰山所处的地理位置,显示出它在战略战术中的重要作用。它延绵如屏障,保护了当地百姓使他们在北来的战乱和自然的风侵中得以安然。贺兰山的基本构成为岩石,正是由于它的坚固,才使春秋战国等时期的岩画存世于今。

"贺兰山岩画",又被冠之以"中国游牧民族的艺术画廊",是全国重点文物保护单位。这些岩画的创造和凿刻,留言于当时北方的游牧民族。他们以自己的智慧和想象,通过岩画的形式,来传递那个时代的生产生活等信息。将太阳神以及人像、动物、生活场景等,雕刻在这又坚又硬的岩石山上。比如我们看到的那块"太阳神"大岩画,与欧美等西方国家的太阳神图腾有着异曲同工之处。岩画的造型粗犷雄浑、古朴自然,表达了游牧民族对美好生活的向往和追求。

"东尽黄河,西界玉门,南控大漠,地方万余里,倚贺兰山以为固"——这是对鼎盛时期西夏王朝的描述。在西夏王统治的189年时间里,不仅繁衍了党项族和羌族等民族,而且创造了独特的西夏文字和语言。正因如此,才有了史上古迹之奇的"西夏王陵"。

宁夏的"西夏王陵",位于贺兰山东麓,共有9座西夏帝王陵园和200多座西夏王公贵戚的陪葬墓,被誉为"东方的金字塔"。西夏王陵的陵墓外表,造型没有矫揉造作的添加。初看时,反倒显得有些"其貌不扬",而且顺着轴线相对独立地分散在远近不同的地方。我们主要参观了西夏王陵的3号陵。

沿着宽阔笔直的步道,还未近到陵前,就有一种开阔、幽静、神秘和大气的感觉。王陵的构造、修建、保存乃至发掘,包括对西夏文字的研究,等等,都引起了世界性的轰动和专家学者的考证探求。在王陵旁边的西夏博物馆里,我们看到陈列的从西夏时期遗址中出土的青铜器、陶、瓦等文物,从中可以反映出西夏王朝的建立、发展的轨迹、基本的文化和生活，真实地再现了西夏王国的兴衰历史。

西夏王陵的历史和保存，一个了不起的奇迹。

腾格里达来

腾格里沙漠，位于内蒙古阿拉善左旗东南部。与宁夏的石嘴山市毗邻，亦与甘肃省中北部边境交界，腾格里沙漠的东南面是贺兰山。

腾格里沙漠的面积约4.27万平方公里，海拔为1050米，是中国第四大沙漠。其大部分的沙源，是自古以来的冲积物和湖积物。沙丘以流动为主，一眼望去，如波浪般连绵起伏，高低错落。千里沙丘，形成了辽阔的腾格里沙漠，令人惊叹！

在蒙语中，“腾格里”是天上的意思，“达来”是海的意思，所以腾格里沙漠又被称之为“天上的海”。腾格里沙漠是个大的概念，这次我们要去的地方，是腾格里沙漠之中的“月亮湖”。

我们首先乘车来到进入腾格里沙漠的中转站，即腾格里沙漠的外沿。因为往里再也没有进沙漠的路，也不会有人去修它——毕竟造价太高，而且无法维护。即使移动的基站，安装到中转站后也没再往沙漠深处架设，所以“月亮湖”里面没有手机信号。不过，固定电话有线路随着供电照明的杆架牵过去，所以还不算真正的“与世隔绝”。

由于月亮湖在沙漠的深处，我们进入月亮湖只能从这里乘专门的越野吉普车。乘上越野吉普进入沙漠，很容易让人联想到国际越野车赛事的“达卡尔沙漠汽车拉力赛”。

开越野吉普的驾驶员，是清一色的蒙族小伙儿，他们年纪都很轻，反应极快。汽车在沙山上翻越，全凭他们高超的车技，15公里的沙漠之路走了近一个小时，既惊险又紧张！

原来考虑自己晕车，而且没有“冒险”精神，就不想跟车进去，准备在中转站歇着等大家出来。可是一问,中转站只有几间工作房,连休息的地方都没有,而他们进到月亮湖之后,得在那里住一宿。无奈,也就战战兢兢地上了车。

随着越野吉普引擎的发动,车子在沙丘上开始了快速的上、下、左、右全方位颠簸。随着沙峰的跌宕,汽车因为冲力发出了吼叫。体验吉普在沙丘之中的腾跃,我只会发出尖叫,两手紧紧握住车前的把杆,最后手麻酸得都没有知觉了。一路上,虽然大部分时间是闭上眼睛的,不过仍有那种在惊涛骇浪中行船的感觉,到达后已是全身酸软无力、大汗淋漓。呵呵,从未有过的冒险经历。

月亮湖,在"众里寻他千百度"后,我们终于走近了它。站在湖边,感觉有些不可思议:在这四周杳无人烟的沙漠深处,居然会有如此静谧而隽永的一泓清水!看着被漫漫黄沙围着的湖水,仿佛远离尘世的喧嚣,一种清净的感觉油然而生。

据当地朋友介绍,如果从月亮湖的空中往下俯瞰,那湖里生长着的芦苇布局,就是一幅天然描绘的中国地图,连"台湾岛"的所在也标得一清二楚,真是无奇不有呢!月亮湖水富含硒、氧化铁等十多种矿物质微量元素,其本身具有较好的净化能力,所以至今千年从不浑浊。月亮湖还是个奇特的"原生态"湖,湖里的水一半为淡水,另一半是咸水。这湖咸咸淡淡的水互不干扰地长年共存于一湖之中,美化着沙漠深处的月亮湖。

湖中还生活着一些野鸭子和叫不出名字的飞鸟,当天刚蒙蒙亮、气温还很低时,它们就开始在水中凫游觅食。间或,扑拍着翅膀清洗羽毛,等到太阳出来映照着湖面,它们就已飞翔在外了。因此,只有早起去到湖边,才能看见它们。

在月亮湖宾馆服务大厅的墙上,挂着一些漂亮的摄影作品,摄影者是哈斯巴根。虽然我是摄影的"门外汉",但也知道他是蒙族摄影家,过去好像在一些主流刊物上看到过他的佳作。他的作品,有着独特的摄影角度,而且民族色彩比较浓郁,散发出相应的美感和深度。

除了这些漂亮的照片，墙上还张挂着一幅书法作品。据说那上面的诗是杜甫的《塞上行》，专门描写阿拉善地区风貌的。可能因为我对古诗词接触甚少，对杜甫的许多诗作也孤陋寡闻，所以看起来有些“面生”，也就没有把它抄录在此。

据说，阿拉善旗为了防止腾格里沙漠的面积继续扩大，建造了许多防护林以防沙，并采取飞播牧草的办法来固沙。如今，腾格里已经有一流的治沙工程，而且还是全国治沙科研的示范区。世界上第一条沙漠铁路——包兰线的中卫段，也是经由这里的。腾格里沙漠雨水少、日照长的特点，还非常有利于今后发展风能和太阳能。

经历了沙漠的“探险”，辽阔的腾格里达来，美丽的月亮湖，给我们留下了深刻的印象。

沙漠跋涉人

第二天清晨，我们要乘车原路返回。一行五人里，除了和我同屋的女伴，还有王先生和三国、小夏。但是，王先生却发起要徒步走出沙漠的“动议”。这令我们大感吃惊，因为据当地接待处主任讲，他们从来没有听说过谁徒步穿越过这座沙漠，就连当地的老百姓，也没有人敢尝试此举。

鉴于安全问题，我们大家再三进行劝阻，费尽口舌却仍然无效。早上五点半，天刚微微亮，王先生和三国、小夏一行三人就出发了。考虑到负重的因素，他们只带了几瓶矿泉水和一点饼干。

天公作美，头晚正好下了一点小雨，为沙漠松散的地面增加了些硬度，行走起来要轻松些。当地人告诫他们，一定要顺着电杆的方向朝外走。因为这里的照明电杆，是由沙漠外面以最近的直线距离拉过来的，这样直线走出去，约摸10公里左右的路途。加上沙漠的行走难度，他们认为大约需要三个多小时的行走时间。

目送他们走远后，再也无法安心晨睡。于是起床，趁着晨曦，独自朝出沙漠的电杆方向行走了一段路试试。当翻过沙丘时，由于重心不稳，脚随沙陷，穿着的布鞋被细沙灌满，登时难以行走。索性就地而坐，脱鞋倒沙，心里越发感到他们此行跋涉的高难度。又由于这里是通信信号的盲端，根本无法联络他们，心里总挂记着这些沙漠跋涉人。

此时的我，坐立不安而又茫然无措。沿着宾馆的小木屋至湖边的小路，不由自主地来回走着、停下，停下、又走着，非常担心同伴们的行走线路，顾虑着他们在沙漠里的饥渴冷暖……

就这样没着没落地徘徊，直到天色大亮后，在湖边遇见宁夏和阿拉善的朋友。当时，我就像祥林嫂看到了倾诉对象似的，拉住他们，一直自责不已地说："真是太担心他们了！当初真应该劝阻他们的沙漠行走计划。或者，就同他们一起去经历，免得在这里悬着心，牵挂着这些领导和弟兄们。"

听到我这么说，他们都宽慰着，并肯定王先生他们一定会平安到达的（王先生及三国、小夏他们在沙漠里两个多小时的行走经历，我想象不出他们的艰辛，也无法在此一一描述）。我也虔诚地双手合十，对着他们行走的方向祈祷着：愿宽广的腾格里沙漠保佑他们，愿照明的电杆指引他们，平安顺利地走出沙漠。

我们是早上八点钟离开月亮湖的。行前，我特地请餐厅的师傅帮忙打包，带了一些馒头、包子等干粮，还有几瓶水，希望在途中遇见他们时，能及时用早餐。在出沙漠的路上，大家都叮嘱那辆车的驾驶员，千万要沿电杆走，留心路上的脚印，以便及时发现他们的行踪。那个时候，对乘车的颠簸和道路险峻的惊叹，都由于寻觅这三人的跋涉踪迹而淡化了。所有同来的人、车都和我们一道，顺着浅浅的脚印追踪着。

大约过了半个多小时，当车子驶出沙漠的一刹那，我们看到：清晰的脚印延伸到中转站前——看到他们了！大家汇聚在一起喊着、叫着，更多的是互相诉说着，当然主要还是听他们描述走过沙漠的过程。我们也把寻找他们时的紧张心情好一番表达。与此同时，我亦遗憾错失了一次惊险的沙漠跋涉机会。

就这样，腾格里达来——“天上的海”之月亮湖“探险”活动，以刺激、新奇、平安、顺利而结束。美丽的月亮湖，无垠的腾格里，热情的阿拉善，尤其是勇敢探险、跋涉沙漠的同伴，令人难以忘怀！

中原拾景

看石窟

洛阳牡丹，号称"国色天香"，由于我们到那里的时节不对，暑假里去的，而它的花季却在四月，花期也只有一周左右——所以，自然是看不到那种胜景了。不过，洛阳的风景名胜也还不少，我们前往参观了龙门石窟。

位于洛阳市南的龙门石窟，是一个风景秀丽的地方。石窟经过北魏至北宋400多年的开凿，目前存有窟龛2100多个，造像10万余尊，碑刻3600余处。2000年，被联合国教科文组织确定为世界文化遗产。

石窟坐落的地方叫龙门山，正对面与其相望的青山为东山，山前有一条小河称伊水。那伊水河顺着山脚，从两山中间缓缓穿过向北流，真是山水相依，妙趣天成。整个的地势看上去，犹如一座天然门阙，所以当地人将此称之为伊阙。据说，当年隋炀帝杨广建都洛阳时，见此处风水了得，就将皇宫的正门对着伊阙。此后，人们习惯地把伊阙叫"龙门"了。

造窟的工匠们用勤劳和智慧，在石山上搭架攀缘，雕出了一座座、一尊尊、一排排壮观无比的石像、石佛、石塔等。每一尊看上去都工艺精湛、栩栩如生，真是巧夺天工。而且佛雕的数量之多，甚至在一个窟内就有万尊！其窟龛数真可以说是“中国之最”了。

除了分布在石山上的佛窟外，我们曾在傍河的山前，看到了一尊造像特大、工艺顶尖的大佛——卢舍那佛。上有介绍，说是武则天当年为妃时，捐资2万两脂粉钱刻就。而佛的相貌也是以武则天为原型塑造，所以，是中年妇女的样子。“文革”时被“破四旧”，遭到损坏，真是可惜！我们仰看那修复之后的大佛，坐莲于石窟之内，神态安详，栩栩如生。

岁月悠长而人生短暂，千古留名能有几人？一朝为帝者更是寡有。想来，这位中华大地从古至今独一无二的女皇帝，统治中原大地几十年，倒也治理得人才辈出、国泰民安。逝者如斯，留下了身后历史与人评说。

游少林

“少林少林，有多少英雄豪杰都来把你敬仰；少林少林，有多少神奇故事到处把你传扬。”电影《少林寺》问世以来，觉得少林寺的知名度更高了。儿子就是在看过一系列有关少林寺的影视宣传后，喜欢上了这神秘而又勇武的少林寺。

从洛阳到郑州，少林寺就在两市之间——坐落于登封县境内的嵩山之侧。虽然路程有些“夹角”，为了满足儿子的好奇，我们还是稍稍地绕了些道，去参观少林寺。正值暑假，只见游客络绎不绝，热闹不已，是因为还有不少大人陪着小孩慕名而来。

“日出嵩山坳，晨钟惊飞鸟。林间，小溪水潺潺，坡上青青草。”要看少林寺，必先入嵩山。因为少林寺所有的建筑物和风景点，都在此山之中。我们按照旅游线路，进得山门，先后浏览了少林寺的主殿、塔林、十方禅院、百鸟林、全景影院（播放介绍少林的电影）等景点。寺庙内的设置也与其他庙宇大体相似，设主殿、副殿、侧房等，和尚僧人感觉亦与别处无异。只是，这里有更多慕名而来、崇尚习武的年轻人。我们边游览,边把眼前的情景和歌里的唱词联系起来,想看看少林寺里的"纯情"是如何打动这些孩子们的。

少林寺还有一个与众不同的地方,是在大殿左侧的偏院,排列了一组与佛教无关的泥塑。这组泥塑主要是介绍少林的武功阵法,一旁还附有练习此阵法的文字说明。这样的泥塑已经多年不见了,记得还是"文革"期间参观《收租院》泥塑展览时看过。这功夫阵虽然塑得略显粗糙,且已有残破,但仍然表现出少林寺对练武的推崇。

少林寺的特色是什么?自然是和尚多啰。除了念经打坐外,连购物处(又称"法物流通处")的售卖者,也是穿着袈裟的和尚们。儿子在那里购买了一个小和尚拳打脚踢造型的工艺品,样子塑得有点搞笑,不过儿子喜欢。还有一些小挂件,价钱还算公道,也买了一些。最后,又买了一袋马食——儿子想去旁边喂那些驯养得很温顺的马。

这一转就到了中午时分,景点参观得差不多了,天也开始下雨了。一阵山风吹过,身上有些冷。本来正是酷暑难耐时节,未料却有如此骤雨来临。直后悔不该穿着短衫薄裙,此后几天,果真感冒得够呛。

"十方禅院"是一座有五百罗汉像的罗汉堂。我们在外地一些较大的寺庙,也曾经看到过这样的设置。我们也跟着其他游客去数了数罗汉,并据此得到一张相应的偈语。偈语的具体内容已记不太清了,不过有些语句还是很有哲理的,至于我数罗汉的偈语答案,则把它留在了少林禅院。

觅开封

记得有出京剧的唱词道:"包龙图打坐在开封府",不知道其来源的人会以为,此朝廷的开封府真的与彼河南的开封有关呢!

不过,开封倒真有个“包公祠”。我们在包公祠前看到,其道路左右两侧各有一湖,湖中水清波平,当地百姓认为,那是包公的清廉和威严造就的。古时的人出道做官,倘若为官清廉,又能为民做主的,其功绩便通过老百姓的口口相传,在民间流传开来。最后积淀下来的,就不仅仅是历史故事,而是人们的一种期盼、希冀、乃至向往。

开封的“大相国寺”亦非常有名。据介绍,大相国寺所在的位置,过去是一座占地颇大的皇家寺院。从它现在的建筑和两侧的环境看,仍可想象出当年的盛景,真不愧是七朝古都。北宋画家张择端所画的传世名作《清明上河图》,描绘汴京盛景的地方即是今天的开封。画中对当时北宋都城的繁荣景象、日常生活细节、民俗风情等,刻画得栩栩如生。直到今天,当地仍有许多残垣余迹可作见证。

大相国寺内,有一尊千手千眼观音像,据说是用千年的银杏树干雕刻而成的。传说,过去有一富翁,曾在梦中见一观音有千手千眼,醒后便请来能工巧匠,要雕一座千手千眼的观音像。恰好其家中院内有一棵大银杏树,工匠们花了 58 年的时间,才将这座观音像雕成。58 年过去,朝代更替了,富翁也早已不在人世。但这座雕像却被请进了大相国寺,并被尊为“镇寺之宝”,引来络绎不绝的信众在其前顶礼膜拜。观音殿前,挂有一副对联:“南海驾慈航普度众生登觉岸,西方悬慧日光昭万姓庇钧天”。我们参观那天,正好是农历的六月十五,寺里鼓乐齐鸣,正做法事,众多善男信女从四面八方集聚于此,虔诚地烧香拜佛、念经吃斋。

龙亭公园也是有故事的地方。据传,这里早年是一处皇家院落,不知从哪朝开始,演变成了某亲王的府院。却因有一年黄河发大水,淹没了这座古城,皇家院落变成了“水下宫殿”。至今,那些建筑还在水下沉睡着。当时,朝廷为方便皇帝观花休憩,建造了这座“龙亭”。龙亭两侧的湖也被后人分别称之为潘湖、杨湖——那是因为那里有杨家将的故事。玄妙的是,自古至今这两湖之水皆清浊两样:潘浊杨清。百姓们便说,这是因为潘奸而杨忠的缘故。亭上也镌有一副对联,上写:“话七朝事尚许清浊两湖水,登百尺亭徒叹盛衰万寿宫”。

高坡·草原

乔家大院

山西人历来会做生意,并得到社会的广泛认可,所以很早就被民间冠以“晋商”的美称。我们所知道的“茶马古道”、“煤窑黑金”等晋商的故事,已是“如雷贯耳”。

山西人生意做大赚了钱,便衣锦还乡。于是,置地建房、添购固定财产,也成为“当务之急”,山西一带的“大院”跟着就多了起来。比如“王家大院”、“乔家大院”等等。我们这次到山西,就是慕名参观乔家大院。

乔家大院在山西当地,是一座颇具特色的、典型的晋式民间院落。最早,还是在电影《大红灯笼高高挂》里知道乔家大院的,因为它的拍摄背景就是乔家大院。当时曾经观看过这部获大奖的影片,所以有印象。当然,电影中的故事纯属虚构。后来,又看了电视剧《乔家大院》,剧中的主人公乔致庸,是乔家大院的主人,里面的故事情节,也是根据真人实事改编的。

乔家这一门传下来的数代人中,目前好像并无做大官但多有挣大钱的。在电视连续剧《乔家大院》中,就把乔家的当家人乔致庸精于经商、乐于助人、爱国保家的好商人形象刻画得很成功,也让我们从故事里认识这座乔家大院所经历的历史。

乔家大院的院房，整体结构看比较气派，为正门对开六院。过去人们建房筑屋时，对院落的结构、造型、大小、乃至由谁居住，都是很有讲究的，要注意到长次有序、尊卑有据、分配合理。乔家大院每个院落的总体结构差不多，但第六座院子却未来得及建设，结果成了乔家的后花园。如此看来，倒也别有一番景致在其中。

如今，乔家大院作为国家重点文物保护单位，不再归属乔家所有。但乔家大院的名称以及解说的内容，却始终是围绕乔家的故事而来。我们在展厅里看到，《乔氏家族一脉图谱》也保存得完好无损，从文物角度来说，的确"流芳百世"了。

云冈石窟

"大同"地名的由来很有些讲究。追溯历史传说得知，过去大同原本是商人们出入关口时的必经之路。后来，从此过往的人越来越多，渐渐地热闹起来，便开始在此定居。居住的人群中，分布着不同民族的人。大家相互之间包容并蓄，平安无事。更因为趣味融合，联姻结亲，久而久之，将此地取名为"大同"，寓"天下大相同"之意。

在大同，最值得惊诧的首当云冈石窟。想那四处荒野无人之地，兀地凸起一座既不很高、也不长草的石头山。而在山之一侧的整面石壁上，居然雕满了无数佛像！而那些石佛又如此之多、之好、之栩栩如生，的确巧夺天工，令人叹为观止。

据介绍，云冈石窟位于大同市西郊 16 公里处的武周山麓。于北魏时期文成帝年间开凿，至孝明帝正光五年建成，耗时 60 多年。石窟东西向绵延 1 公里，是我国建造较早、规模最大的石窟群之一。与之并称为我国"三大石窟"的龙门石窟和莫高窟，其造像也不同程度地受到过云冈石窟的影响。

云冈石窟的造像气魄雄伟，神态各异，均为宗教人物的形象。

大像窟、佛殿窟、塔庙窟等洞窟内的造像是主要的造像类型。由于开凿期间所经历的时间跨度较长，使造像的前期与中后期在内容、形象、题材等方面，都有不同的变化，由此表现了不同年代对石窟造像的不同理解。

这些体现中国传统璀璨文化的石窟，历经了多少朝代的更替，还能基本完好地保存至今。想来，除了石质本身坚固之外，石窟远离闹市、周边群众自觉保护等因素，也是它未遭外界更多破坏的一个重要原因。

虽然我没有研究过佛学，但当面对石窟中的佛龛、佛像时，心里不禁生出些敬畏感来——它们是那样的庄严，安详。似乎经过时间的洗礼，它们也被赋予了实在的生命意义。我对雕刻艺术亦不甚了解，只是从造像的色彩描绘、故事传奇中，感到了“赏心悦目”的精彩。

联合国教科文组织在 2001 年批准云冈石窟为世界文化遗产时，一段评价语对此给予了高度概括：“位于山西大同市的云冈石窟，有窟龛 252 个，造像 5.1 万余尊，代表了公元 5 世纪至 6 世纪时中国杰出的佛教石窟艺术。其中的昙曜王窟，布局设计严谨统一，是中国佛教艺术第一个巅峰时期的经典杰作……”

“佛境佛地乘建佛心成佛像，云山云岭带将云水绕云城。”这是在五窟的正门前所张挂的一副对联。于是想，云冈石窟造像的丰富内涵和佛教特色，我们这些匆匆过客是不敢枉以评述的。离开时，我们在石窟的山前开阔处，在那尊面目慈和，造型泰然且与山近高的大佛前，争相拍照留影。心里希望通过这些照片，把对云冈石窟的记忆保存得更久远些。

悬空禅寺

称为“悬空寺”的寺庙，在我国有好几处。我们参观的悬空寺，是位于大同市境内，“北岳”恒山脚下的那座。由于时间原因，我们没有上恒山，只是车行到山腰时，远远望见山间一块巨石上有“恒宗”两个大字（据传为当年在此担任知府的一位官员所题），使人立时就感受到了恒山的气势。

悬空寺始建于北魏后期，至今已有1500余年的历史。据说，悬空寺所在地名为“金龙峡”，浑源县的浑河水就从峡下流过。每当暴雨来袭，浑河水上涨，经常造成洪涝灾害。后来有位和尚巧妙利用金龙峡的天然地势，在百丈悬崖之上修建了一座悬空寺，以改善这里的“风水”。恰巧，这里也是南去五台、北往大同、侧上恒山的交通要道，为过往客商歇脚和信徒进香提供了方便。

悬空寺底基离地高约50米，其面对恒山，背倚悬崖，上托天岩，下临深谷。该寺修建充分利用了力学原理，巧借岩石的力，以立木和横木搭架支撑。据说，支撑庙阁的横木是采用当地的铁杉木加工成木梁（又称“铁扁担”），再用桐油浸过后将其嵌进石壁里面。如此既可防木质腐烂，还可防白蚁啃噬，又由于其支撑点经过精确计算，所以使悬空寺驻足悬崖而坚固不动。这独具匠心的设计，真是令人叫绝。

刚上台阶的步道一侧，就立有一块大条石，上刻“壮观”二字，据说是李白的墨宝。走在悬空寺的楼台外廊，只见曲折迂回，虚实相连。脚踏木板嘎吱作响，透过大大的缝隙，可以看到山下面的一草一木，在扶栏处靠外侧站立时，像我这样有“恐高症”的人，根本不敢往下张望。稍微低头一看，不仅是寺庙悬空，连心都跟着悬空了！

悬空寺的地理位置特别好——坐西朝东，所以只有东阳照耀而不被西日晒。寺内的80多尊佛像，分别用铜、铁、石、泥等各种材料塑成，分布在40余间庙阁里。悬空寺也是国内唯一一座佛、道、儒三教合一的寺庙。由于寺庙的容量所限，考虑到其安全承载问题，每次最多容许100人同时入寺参观。所以建寺多年，其建筑结构仍然完好如初。

上到悬空寺,虽未烧香,但将所带零钱捐在了佛前的“功德箱”。呵呵!除了想积攒点功德外,看到那些弥足珍贵的文物,也希望这历史悠久的寺庙、这独特古朴的建筑,能更好地得到维护。

包头草原

这么多年,还没有去过内蒙古的大草原。借着此次在山西参观的机会,我们从大同乘一晚上的火车到了包头,终于可以领略一下辽阔草原的美丽风光。

包头,蒙语意为“有鹿的地方”,所以被称之为鹿城。据资料介绍,包头南临黄河,北依大青山,于1938年设市,现辖区有245万人口,占地面积27768平方公里。如今,包头已是内蒙最大的城市,也是自治区绿化最好的城市。就像其他工业城市一样,它是先有包头钢铁厂,从发展大工业企业开始,而后才有这个城市。因此,包头又冠上了“草原钢城”的美誉。

包头的矿产资源非常丰富,有稀土、铁、煤、铝、金等54种金属和非金属。作为我国西北地区最重要的工业基地,我们刚刚踏上包头的土地,就看到那里正在扩建城市的一条主干道——钢铁大道。您瞧,连道路的名字都起得那么铿锵有力。呵呵!

乘车离开市区不久就是牧区了。我们去的时间好像不大合适,因为天旱数月,虽然已到六月,还是未见绿草长出。放眼望去,只见漫坡遍野的燥黄,一阵风吹过来,夹带着的沙尘扑打在车上沙沙作响。当地的同仁告诉我们,如果遇上恶劣的天气,沙尘暴太大,汽车根本就无法前行,所有的玻璃都会被打得起糙,甚至车身的油漆也全部会被沙粒磨光。他们告诉我一个经验:一旦在草原上遇到沙尘暴刮起来,千万要躲进车或房子里。倘若是在野外,可千万不要睁开眼睛、张开嘴巴,还得把耳朵和鼻子捂住,否则沙暴就会把人给“包圆”了。

我们在包头看到的草原,是位于达茂联合旗,距离市区有260

多公里的希拉穆仁草原,当地人称为“召河”,因为希拉穆仁河畔有座历史久远的席力图召。据说这里的草原气温适度,景色宜人,是蜚声海内外的旅游避暑胜地。

希拉穆仁草原的确非常辽阔宽广。汽车在草原上行驶了一个多小时后,我们才看见村庄和人家。而水,则是草原上非常稀缺的“珍品”。一路上,我们几乎没有看见过水源的痕迹。由于干旱,牧草发芽生长的过程非常缓慢,牧民们就要到离家更远,有水草的地方去放牧。如此干旱的自然条件,无怪乎古时候的游牧民要逐水草而居。

终于,我们到达希拉穆仁草原。在这里,我们看到的是另外一番“风吹草低见牛羊”的美丽图画:一望无际的青草,成群的牛羊,骑在马背上扬鞭放牧的牧民。因为这里距离市区较远,又是著名旅游景点,所以维护得要好一些,这里的牧草自然就绿一些、多一些,牛羊比别处也壮一些。

蒙古族是个热情奔放的民族,也是非常好客的民族。在希拉穆仁草原这样一个开放的旅游区,景区的牧民们热情地迎接我们这些来自四面八方的客人。我们走进一家蒙古包,大家按照当地习俗盘腿而坐,喝着香浓的奶茶,吃着烤羊肉和手抓饭,听着蒙族姑娘和小伙子唱的敬酒歌,在不同的民族间相互传递着同样友好的信息。

包头的希拉穆仁草原之行,我接触草原留下的最初印象。当然,感觉还是很不错的。

呼市同仁

景色再美也是看不够、赏不完的。在后面的时间里,我们与呼市的同仁们进行了接触,主要是学习他们的工作经验,同时希望取得一些“真经”回来。虽然相处的时间甚短,但留下的印象深刻。所以,也在此淡描几笔。

副局长胡格基夫，一看他那魁梧的身材，就知道“很蒙族”。但他从小却是在汉族区里长大的，所以普通话说得非常地道。他的性格开朗豪爽，谈笑风生，歌亦唱得很好，富有大草原的韵味。认识他是在数年前的一次会议上，当时我们是东道主，记得见面寒喧，连名带职务称呼他时，他笑道，简称胡局就好，一说大家都乐了。此次再见面，已是“二回熟”的朋友。这次一聊起来还得知，他经常利用业余时间写小说或电视剧本，有时甚至参加到剧中表演某个角色，获得不少好评呢。原来还是位才华横溢的作家，佩服！

工委的张秘书长是汉族人，可他却能说一口漂亮的蒙语——因为他长期生活在牧区，在大草原的环境里成长起来。蒙族人宽阔的音域也体现在他这位汉族人的歌声里，他人亦非常豪爽，大概因为从小就沐浴着草原阳光雨露的缘故。听说他与“草原英雄小姐妹”中的妹妹玉荣是同班同学，而且还曾经同过桌！我们感到非常惊讶，也很羡慕，因为那时我们正在学校读书，看过介绍她们事迹的动画片，学校也在较长的时间里，组织我们学习小姐妹保护集体财产的感人事迹。离开时，我们特意叮嘱，请他一定要捎去我们对龙梅玉荣姐妹的敬意和问候。

办公室主任张秀灵是位女同志。虽是汉族，也是从小在内蒙的牧区里长大。人长得清秀也很文静，犹如她的名字般。那日她到车站接我们，路过超市时还带我们进去逛了逛，理解我们这些女同胞的爱好。可见，她是一位既热心细腻又善解人意的女性。据说，她还是中国作协的会员。平时勤奋笔耕，经常会有散文、小说等作品在刊物上发表。并且正在结集出书，因为在呼市停留的时间很短，未能拜读到她的作品，有些遗憾。后来询问过她的情况，听说现在已经担任副局长了，为她感到高兴，并在此遥祝她的进步！

还有一位是局一处的张处长，认识的几位都姓张，看来是“大姓”啊。呵呵！张处长是从部队转业的，到单位也有十几年了。他对本职工作很热爱，业务非常熟悉。只要谈起，便能了如指掌地娓娓道来。尤其让人感动的是，他的资历相对较深，但是对职务的升迁看得比较淡然，大家对他也挺尊重的。张处长还是个“多面手”，我们去景点参观的路上都是他在开车，而且技术不错，据说已经是老手了。

“蓝蓝的天空飘着那白云，白云的下面盖着雪白的羊群……”悠扬的草原牧歌，回荡在广袤的草原上。我们欣赏着同仁们动听的歌声，更体会到他们的热情奔放。辽阔的内蒙草原，以它那博大的胸怀，养育了蒙汉各族人民。他们也在不同的岗位上，用自己的聪明才智建设边疆、装扮草原。在此，我在江南向内蒙草原的同仁们送上诚挚的祝福！

水之联想

“黄河之水天上来，奔流到海不复回”。长期生长在“江南水乡”，接触更多的是关于抗洪抢险的问题，少有缺水的印象，即使到了夏天的枯水季节，也并不缺水，枯水期只是相对于旺水时期而言。

过去，常常在新闻媒体上看到，说某地因为缺水，人们采取各种措施调水、运水、分配用水以抗旱保苗保生活。的确，如果没有亲身体会过缺水的不便，尤其像我这样的南方人，很难想象那水来之不易的程度。

这次出差所到的山西和内蒙，感受最深刻的就是水的珍贵。尤其内蒙，因为这里的气候干燥，大部分时间处于干旱少雨状态，水在这里就显得非常重要。可见，那黄河之水并不是从天上来的呢！

我们在内蒙期间，可能正好遇上干旱季节，所以一直没有看到大的降水。尤其是在去希拉穆仁草原的路上，也很少看到大河或小溪。当突然遭遇漫天黄沙飞舞时，多么希望老天猛地下一场大雨，以滋润干旱之草、淌满干涸之河。是的，如果没有水，牧草长不起来，牧民们就要赶着牛羊，到更远的地方去寻找水草。

才是六月的中旬，太阳已经开始热辣起来，草原的地表仍然那么焦干。时而有一些沙尘卷过，乌云也跑来凑个热闹，末了，却不见雨滴落下。当地的牧民们早已习惯这种天气，也适应了干旱少雨的生活环境。他们无怨无悔地、一代又一代地在这里生存、生产、生活，日复年经，繁衍生息。他们坚毅果敢的性格，强壮健康的体魄，莫不是也得益于自然环境的磨砺锻炼？

虽然，我们所去的地方比较缺水，老百姓的生产生活条件也要因此而受到限制，有些时候甚至还要游牧。但是，牧民们的淳朴热情、果敢坚毅，给我们留下了难忘的印象。

离开草原时，大家都在心里期盼着：雨水能早下一点、多降一些，滋润那久已干涸的大地，让它们尽快长出满山、满坡、满草原的青绿来。

腾格尔

中央电视台的《艺术人生》节目，一直是我比较爱看的栏目之一，尤其是节目里有我熟悉的艺术家、剧组等出现时。

这天节目介绍的嘉宾，是蒙族歌手腾格尔。虽然过去对他知之甚少，但也还听过他唱的《天堂》等歌曲。从他满怀激情的歌声中，听得出他对家乡的热爱和对草原的眷恋。当看完这期节目后，又使我感受到了腾格尔的另一种朴实，的的确确是位蒙族汉子。

一般而言，在这种主持人启发嘉宾的谈话节目中，或多或少的，都会有主持人与嘉宾之间“斗智斗勇”或感情“大撒把”（激动流泪）的情况。有时甚至撩得我们这些观众，在看节目的过程中，都会有点心口发“堵”，甚至感动落泪。

说实话，生长在江南、又人过中年的如我等人，听惯了南方的小曲，说顺了乡音乡语，对北方粗犷豪放的歌曲，也没有更多的偏爱。即使是腾格尔这样有名气的歌手，一般也只是远远地望过去，浅浅地听一听。但是，通过这个节目，我已经算是腾格尔的“粉丝”了。呵呵！

看腾格尔做嘉宾的节目，对他留下了一种宽厚、实在、淳朴、平凡的印象。在节目中，腾格尔谈起了自己的童年、少年时代，以及在学校的生活，还有姥姥对他的关爱。他是那么坦诚地流露出内心的情感，甚至还记得姥姥送他上学的每一个细节。他并不避讳年轻时曾经的无知和犯的过错，如打过架、有过轻生的念头等等，也并不恐这些旧事影响自身形象而就此缄口。就连对动画片中小猫窃笑的动作模仿，都是那样地惟妙惟肖。

在叙述往事时，腾格尔平和的心态、平静的语气，丝毫不矫揉造作，就如这些事情也曾经可信地发生在我们每个人的身上一样。他既不拔高自己，也不忽略他人，尤其他对朋友的豪爽、真心，在他身上充分体现了蒙族人宽厚的胸怀。

我以为，这期访谈是做得最成功的节目之一，尤其是它让观众看到了嘉宾身上的真善美。或许，由于这期节目的播出，使我们在今后会更多地关注腾格尔，同时也关注他的歌唱事业和他的人生，关注他作为公众人物的社会形象。

在此，遥祝腾格尔的歌唱事业更加辉煌。

塞外江南

伊犁之光

全省系统内的业务培训班结束后，省局领导率我们区市局的部分人员到西北——主要是新疆的北疆进行学习考察。

已是七月艳阳天，也正巧刚刚开通厦门经南昌到乌鲁木齐的直航航线，我们有幸成了首航的乘客，同时享受到了机票折扣的优惠。经过四个半小时的飞行，顺利抵达乌鲁木齐机场——这是我首次踏上新疆维吾尔自治区这块向往已久的土地。

乌鲁木齐与北京有两个小时的时差，我们15:00到达时正日挂中天。待吃过晚饭，天色还非常亮堂，太阳也未完全落山，一看表却惊住了——此时已是晚上22:00。原来，因为日落晚，这里的作息时间比内地往后顺延了两个小时，当地的人们早已习惯了这个时差规律。

我们经过一晚上的休整，又回乌鲁木齐机场乘机，前往伊犁。由于新疆地域辽阔，各城市之间的距离相对较远，航空需求量也比较大。为了省时，这里的人们出门选择乘机是常事。如此一来，也带动了当地航空业的发展。毕竟，走公路需费较多的时间，而且不是一般的长途，的确太遥远、太宽广。当然，新疆的公路也是非常好走的，基本相当于高速，而且路上车辆不多。

伊犁哈萨克自治州局的阿局长等同仁前来接机，为我们安排在伊犁宾馆。阿局长是位哈萨克族人，一见面就感受到了他的热情和实在。阿局长向我们介绍说，过去中苏友好时，伊犁宾馆是苏联驻伊犁的领事馆，就在一进大门的花园旁，至今还保留着一尊完好无损的列宁半身铜质塑像。当年领事馆撤走后，房子经过整修，如今已是州宾馆。宾馆内环境谧静，古树参天，绝大部分楼房的外观都未改旧时颜，仍然保留着苏式的建筑风格。

记得小时候就耳熟能详的一首歌中唱道："伊犁河水闪银光，灌溉着牧场和农庄，边防战士驻守在河岸上哎，来往的人们喜洋洋……"今天，我们就站在了歌中所唱的伊犁河畔，参观了连接两岸的老伊犁大桥。因为目前正是枯水季节，浅浅的河水在河床上缓缓地流过，牛羊们在河岸悠然自得地吃着青草。不远处，另一座新伊犁大桥正在修建，听说不久即将通车。那时，会更加方便来往的行人和车辆。便利的交通，为伊犁的经济发展和城市建设创造了良好的条件。

伊犁州下辖的霍城县，有一段县界是我国与哈萨克斯坦接壤的边境线。沟通两国边境的霍尔果斯口岸，是中哈贸易的主要通道。站在界碑旁，只见川流不息的车辆运送着货物，通过霍尔果斯口岸往来于中哈之间，连接着两国的经济。想来，边境的平和与安宁，也为两国的友好交往奠定了基础。

赛里木湖在霍城县境内，是著名的高原咸水湖泊。赛里木湖距伊犁市区约 130 多公里，大凡到了伊犁的外地人，是一定要去看一看赛里木湖的。赛里木湖也是一座非常漂亮的湖，明媚的阳光照耀着湖面，湛蓝如镜的湖水清澈见底，与蓝天、白云、青草地交相辉映着，显得恬静而安然，还略带点神秘的色彩。站在赛里木湖边，正好望见远处的天山。山脊上覆盖着晶莹的雪，在阳光的反射下，透出七彩的颜色，与赛里木湖水交相辉映。而美丽的赛里木湖，就像镶嵌在伊犁大地上的一颗明珠，闪耀着璀璨的光芒。

赛里木湖边的山坡上，一排排建筑风格独特的红顶小房子，是为游人前来度假或临时休息而准备的。我们则选择到牧民的毡房小憩并用餐——这是只有在当地才能体会到的特色哦。牧民们按照当地的风俗，双手捧着哈达，唱着好听的敬酒歌，摆上自制的食品，用热情和歌声、美酒和美食，表达他们对来客的欢迎，以及对幸福生活的眷恋。

胡杨林群

伊犁州局的朱局长陪我们前往草原。一路上，所见景色均美不胜收，拙笔难以详细描述。大家开玩笑说，怕是要产生“审美疲劳”了。

我们乘汽车在去往天山的路上行进。首先映入眼帘的，是号称亚洲最大规模的“河杨次生林”（又称小叶胡杨林）的林群，这个树种属于国家级保护植物。我们顺着伊犁河谷望过去，好大一片的胡杨林！高大的胡杨树茂密地成群生长着，绵延几十公里还不见尽头。有不少胡杨树干脆就直接生长在了河床中间，遮盖并稳固着河床。

胡杨树，落叶乔木，木质纤细柔软，树叶阔大清香，是自然界稀有的树种，也是生长在沙漠的唯一乔木树种。胡杨树具有很强的生命力，以及耐寒、耐旱、耐盐碱、抗风沙的特点，在防风固沙、涵养水源、改善生态环境等方面，都具有重要作用，所以又被人们称之为“沙漠英雄树”。

曾经听过人们对胡杨树顽强生命力的赞美，评价其“生长千年不死，死后千年不倒，倒后千年不腐”的特点，为此还引申出褒义的“胡杨精神”。边疆的人们也很爱护胡杨林，使它们在大自然里愉快地生长着。新疆的胡杨林面积，占到了全国的90%。看来，新疆是胡杨林生长的福地呢。

新疆的公路宽阔笔直，汽车跑起来也比较顺当。三个小时后，我们就进入了尼勒克县境内的唐布拉草原。司机小解告诉我们，从唐布拉草原往天山方向走，一路上风景非常迷人，被人们称之为“百里画廊”。的确，除了胡杨林，一眼望过去，还有茂盛的牧草和五颜六色的草花覆盖在高高低低的山坡上，犹如一幅美丽的风景图画。在地势较为平坦的地方，通过飞播，栽满了大麦、小麦、胡麻、向日葵等各种适合当地气候的农作物，即使“靠天吃饭”，在这塞外江南的伊犁，也是会有累累硕果的。

过伊犁河谷，其间大约行驶了几百公里的路程。再往车外张望时，仍然能远远近近地看到成片的胡杨林，在草原深处延伸着。那大面积的绿色枝叶，生动地渲染着、装扮着草原。是啊！草原的景色处处美不胜收。从唐布拉草原一直到巩乃斯林业站，所见所闻无不如是。我们也一路评论、赞叹着胡杨林。

天山来风

行一路山，看一路水。放眼远眺，整片草原的牧草生长得都非常茂盛，草原像是铺上了一层绿茸茸的地毯，嫩青得不由生出用手去触摸它的冲动！山上的树也很多，而且大多是云杉。据说这种树每年的生长高度仅为1厘米左右，实在是太缓慢了！想来，植树造林、保护森林树木不被砍伐，保护良好的生态环境，在这高寒地区，更是一项重要的任务。

“我们新疆好地方呀，天山南北好风光”。从唐布拉草原再往西走，就是天山山脉。这次，我们真的进入到新疆民歌唱到的天山来了。

南方的海拔低，体会不到缺氧的感觉。汽车在天山的山路上行进到大约海拔3000米的山腰时，就觉得有些口渴，似乎是对空气稀薄的自然反应，于是停在路旁稍事歇息。忽然看见路对面山岩的峭壁上，几朵淡黄色的雪莲花兀自傲立在石缝中，不起眼地绽放着！大家很激动，忘记缺氧带来的不适，拿起相机远距离地拍下几张照片。只是我的卡片机调距功能差，拍照技术也只是初级水平，回来发现全都是模糊不清的，遗憾！

听说雪莲是在“雪线”以上才能生长开花的植物。而“雪线”，一般又是根据气候、温度等条件，形成的常年积雪地的高度所在标志。据说，由于全球气候变暖，“雪线”的海拔正在逐年增高。如今这里的“雪线”，已经上升到海拔2800米左右了。

天山的岩石虽然坚硬，但是植被生长还是非常好的。除了雪莲花，我们还看到不少叫不出名字的小花儿也迎着寒风开放在山坡上。听说这里的花儿还会选择时间开放，比如红色的花在五月底六月初开，花期有个把月左右。而这时候(七月份)，开放的花儿则大多是黄色的，间或还有些紫色的。

再往山上走，花的种类渐渐减少，开的多是一种黄色小花。这种植物的整体非常小，花茎也只比细棉线稍粗点儿。它们似乎“睡”在那些路旁的碎石山上，当地称这种花为“大烟花”，因其形似罂粟的花而得名。黄花虽小，却顶着寒风冷雨，在雪地努力地开出金黄色的花儿，在阳光下晃眼地摇曳着。看来，塞外不仅仅是胡杨林，就连这些小草小花，也具有顽强的生命力。

在海拔几千米高的天山，我们吃惊地发现：成群的牛、马、羊，居然在坡上毫无顾忌地吃着青草。那些草茂盛得快和羊群差不多高，不仔细看还真不容易发现。那一团团“棉球”，在黄花绿草间挪动着，犹如一片片浮动的白云。“天苍苍，野茫茫，风吹草低见牛羊”的牧歌，今天真实具体地再现于这个塞北江南的天山之巅！我心里涌着激动，觉得穷尽所有美丽的词语，都难以描述和形容这情这景，只是喃喃着：太美了、太好了、太漂亮了！

辽阔的牧场、丰富的牧草，非常适合畜牧业发展的自然条件，使人们对这里出产的牛羊产品高度肯定。为此，当地人还用顺口溜来调侃那些羊群：走的是黄金道——这里的阿尔金山是富金矿；

吃的是中草药——牧场上的大部分草是可以入药的;喝的是矿泉水——雪水加泉水……在这略显夸张的语言中,不仅充满了风趣和幽默,还有他们的自豪。

新疆羊肉的确味道鲜美,当地人的做法也很简单——把收拾好的羊肉放进白水里面,再加点儿盐煮熟,即可装盘上桌,做法虽然简单,但非常好吃。掰一块羊肉在手,趁热入口,再喝点奶茶,味道好极。会喝酒的,还可以边喝新疆的伊力特,边唱祝酒歌,那喝酒吃肉的惬意感觉——神仙不过如此。呵呵!虽然过去好长时间,现在回味仍然“口有余香”。

当晚,我们在天山深处的巩乃斯林业检查站住宿。巩乃斯周围的林区大都属于原始森林,且多为云杉等珍贵树种。当初是为了方便砍伐树木设立这个林业站,现在更多的职能是保护这些原始森林。从我们住宿的特色小木屋,顺着过去伐木工人开凿的进山便道,再往里走个把小时,还能见到一个落差较大的雪水瀑布,那一泻而下时发出的咆哮声,顺着巩乃斯河响过去,在深山老林里久久地回荡着。瀑布雪水的水质非常纯净,经过溪流的不断融汇,仍然干净清澈,是天然的矿泉水呢!

巩乃斯河边的山坡上,还长着许多“山珍”。我们在坡前的树丛里,采摘到真正的野生金针菇和鸡腿菇,还有一大把鲜嫩的野芹菜。用雪水将菇子简单洗一洗,趁着新鲜煮汤,再搁点野芹进锅,沸腾后盛出一碗喝下,真是鲜美无比。

西北汉子

南昌到乌鲁木齐的直航航班,四个半小时就完成航程,一下子拉近了江西与新疆的距离。

很快,我们从乌鲁木齐飞抵伊犁这个新疆的西部城市。刚刚踏进这座城市,就在脑海里印进了两句话:“不到新疆不知中国之大,不到伊犁不知新疆之美”——这是当地城市的一句广告宣传语。立时，一首首赞美新疆的歌曲也在脑海萦回。那些优美动听的民族歌曲，汇集了人们对新疆的向往和祝愿，也汇集了新疆人民热爱家乡建设家乡的感情和干劲。

在这个多民族的伊犁哈萨克自治州，我们受到了热情的款待。品尝着富有民族风味的奶茶、馕、羊肉等美食，体验着当地的民族风情，感受着塞外江南的美丽和富饶，同时学习借鉴他们丰富的工作经验。

伊犁州聚居着47个民族，被誉为“东方人种博物馆”。州局几位领导的配备，也体现了民族的大团结、大融合：既有哈萨克族，也有维吾尔族，还有汉族等。但是他们的热情周到、淳朴待人却是同样的。尤其是朱建章局长，这位已过“知天命”之年的西北汉子，让我们切身体会到“宾至如归”的含义，也对他留下了深刻的印象。

朱建章的老家在河南。当年，父母从河南支边到新疆生产建设兵团，所以他从小是在兵团里长大的（俗称“兵团第二代”）。20年前，他从部队转业后就分到这个系统工作，从所里的干部到书记、所长，一步一个脚印，直到后来他担任了州局的局长。记得自治区党委的崔局长接待我们时，就专门提到他，赞许他的工作热情和他的全局观念。崔局长说这话时我们与朱建章还未谋面。这次，通过在伊犁3天时间的学习考察，的的确确感受到他许多的闪光点，还有待人接物的亲和力。

新疆的地大物博是毋庸赘言的。仅伊犁所辖的地域就达35万平方公里，县与县之间的距离也至少几百公里。这次，朱建章全程陪同我们去天山，大家感到有些过意不去。他让我们别介意，并告诉我们，当地的同志如果下乡调研或走访慰问，一般都要在基层呆上好几天，每天在路上跑几百公里路更是常事。

一路上，朱建章热情地为我们介绍沿途的特色景点和风土人情。从伊犁河谷亚洲最大一片“小叶胡杨次生林”，到称之为“百里画廊”的唐布拉和那拉提大草原。就连驾驶员小解也因为常年随朱建章跑基层,说起那些景点和故事来也挺生动的。

朱建章是一位熟悉边疆的人。他的家安在乌鲁木齐,但是他却熟悉伊犁的山水草木、风土人情。在天山“雪线”处,他告诉我们雪莲花以及其他一些花、草的名字。在放牧区,他向我们介绍当地牧民的生活习惯和放牧特点。对于他的工作对象,更是如数家珍般地与我们交流。从他的话语里,感觉得出他对这片土地、对工作对象的炽热感情。

那晚,朱建章建议我们住宿于巩乃斯林木站的特色小木屋。木屋旁就是巩乃斯河的支流,潺潺不断地流淌着清澈的山泉和融化的雪水。巩乃斯山上的原始森林,高大挺拔而又略显神秘莫测。在信息技术发达的当今社会,这里既无供电照明也无固定电信线路和移动通信信号。还真有些世外桃源的感觉呢!朱建章那晚因为工作上的事情,晚饭后又黑灯瞎火地赶到几公里外的“零公里”处——那里有个牧民居住的村庄安装了电话,也开始有移动通信信号。这使我们体会到在美丽环境背后边疆工作条件的艰苦,也被他们热爱边疆、辛勤工作的敬业精神所感动。

朱建章也是一位重感情的人。“独库烈士纪念碑”,是为纪念在独山子库车公路施工中所牺牲的100多位解放军官兵而立的。朱建章动情地说,每次经过这里,都会专门到纪念碑前去瞻仰,以表达对长眠在这里的那些军人的崇敬和感激。我们的车行到这里也停了下来,大家下车到路边的牧场,每人都采集了一束美丽的鲜花。我们缓步走到纪念碑前瞻仰,并满怀敬意地三鞠躬,捧上鲜花献给为独库公路建设而长眠在此的烈士们。

朱建章还是一位热爱生活的人。当车上的歌碟播放着《边疆战士爱红柳》这首歌时,我顺口问起了何为红柳?他惦记着这事,在回城的路上看见了,热情地带大家去河滩边看红柳树。当我们兴奋地围着那满树开着玫色花絮的红柳树拍照时,他又说起了一旁的沙枣树。并略带遗憾地说,沙枣树现在已经坐果了,如果正值它的花期,采一把沙枣花儿放在房间养着,满屋子都会充满扑鼻的花香呢。

3天的时间固然嫌短,但伊犁的辽阔美丽,朱建章和他同事热情淳朴的印象,却在我们的记忆中愈加清晰、亲切起来。我想,正是因为有了朱建章们扎根边疆、吃苦耐劳、无私奉献的工作精神,才使边疆的社会发展,城市有了新貌,才有边疆的民族团结、经济繁荣。

朱建章,好一个西北汉子。

游那拉提

那拉提草原是一个大概念,它由数个草场组成。比如我们途经的"那拉提森林公园",里面就有名为"塔吾萨尼"的牧场以及高山草场。这个森林公园内还有一些游乐的项目,如赛马场,餐饮毡包等,当然还有一些牧民在放牧。

在路上,驾驶员小解给我们讲了"姑娘追"的故事。这是当地的一个民俗:未婚的姑娘小伙儿去约会时,大家一起骑马前行。在出去的路上,小伙子可以随意与姑娘说情话,还可以有逗着玩儿等亲热举动。但在回来的时候,如果姑娘看上了这个小伙儿,就会拿着手中细细的皮鞭,在他身上轻轻地打一下,小伙子就心领神会;如果不喜欢,那就将皮鞭在他身上较重地抽一下,小伙子自然离开姑娘而去。这就像歌中唱道的:"我愿她拿着细细的皮鞭,不断轻轻地打在我身上"。

出了森林公园,我们来到那拉提的高山草场,牧民们称之为"夏季牧场"。因为这里距居住地较远,主要是供牧民夏天放牧的地方。待到冬天冰封雪飘时,牧民们又会回到离他们居住地不远的"冬季牧场"放牧了。这种冬夏轮流放牧的牧场,是当地政府为了防止牧民过度使用草场,避免发生破坏性放养的"政府环境保护试点项目"。当然,还有不少的牧民会"未雨绸缪",趁着夏天草源充足,先把牧草打好并晾晒干存放,待冬天不用出门就可以有草料喂养牲口。

置身高山牧场,但见草场辽阔,满坡披绿,牛羊肥壮。这里的景致无论是近看还是远观,都有一种美不胜收的感觉。据说,有些欧洲来的专家到这考察后,赞叹牧场的美丽风光和优良环境,认为可与瑞士的草场相媲美。他们认为,这里不仅景色与瑞士相似,草场面积还比其要宽广许多。专家们从生态学的角度进行评价,觉得天山牧场最大的特点,是这里的山、水、草、树均纯净而无污染。

不论是在那拉提,还是在新疆的其他地方,牧民的牛羊分群而牧。就像南方的土地一样,草场也是根据约定分配的。牧民们清楚自家的草场,就像农民熟悉自己的耕地。为了不相互混淆畜群,牧民们还在各自家畜的背臀部,用火烙铁烙上了不同形状的烙印作记号。看着那些烙印,心里就想,虽然方便了大家辨认,却觉得做法有点“残忍”。它们当时肯定很痛吧?

整个那拉提草原的走向,都是随着天山山脉延伸,天山深处的积雪也总是边化边有。汽车沿着巩乃斯河谷公路驶去,一丛丛云杉点缀似地分散在铺着草毯的山坡上。据说,因为以前过度砍伐云杉,使原本铺满山坡的树林出现了一片片的空缺。要知道,高寒地区的树木生长期是非常非常缓慢的,尤其像云杉这样的珍贵树种,一年或许长不到1厘米。

站在高山牧场眺望远处的河谷,只见整个河谷就像装满了果实的篮子:绿的草,黄的花,金色的麦子。袅袅炊烟淡淡环绕着牧民的房前屋后,一派丰收在望的和谐景象。当我们登车告别草原时,还恋恋不舍地回眸,看那远处的雪山、蓝天、白云,近处的小河、草坡、树林,脑海里涌出了一支好听的歌:“亚克西亚克西,什么亚克西?我们新疆亚克西!”

看喀纳斯

喀纳斯在阿勒泰地区的北部，而阿勒泰又在新疆的最北部。从伊犁到阿勒泰的直线距离600多公里，我们乘了两个小时的螺旋桨飞机后抵达。经阿勒泰再到喀纳斯有260多公里，下飞机后改乘汽车，又用了一个上午的时间。

阿勒泰比起伊犁来，似乎要干旱些，山上的树木也相对要少些。牧场的草亦尚未返绿，大概与当地的气候、土壤以及水质有关系。我们到达喀纳斯景区时，有关部门正在进行环境保护方面的整修，所以要换乘专门的公共汽车，才可以进入景区。

刚刚走进景区，就看到了喀纳斯湖的边岸。喀纳斯湖更像一个大水潭，远远望去，那潭的形状犹如一只侧卧的恐龙，尤其从山上往下看更加像，当地人又称之为“卧龙潭”。再往前走上几步，有一汪湖水露在草滩面上，恰似一弯月亮，故名“新月湖”。新月湖中间，显露出两个椭圆形的小草滩，很像两只大脚印。或许，这就是恐龙留下的脚印吧。呵呵！

汇集到喀纳斯湖里的水，经过喀纳斯河又流了出去。虽然水流较急，但水质清澈，毫无污染。沿河两岸有许多生长多年的大树，固护着喀纳斯河。夕阳透过树林的疏枝，将光束投映到河面上，波光粼粼，非常漂亮。河面上，一座能过大汽车的原木短桥，连接起两岸的交通。

远处的雪山隐隐可见，虽然冰雪无语，却是那么高雅圣洁，真正的“可望不可及”。据说，喀纳斯湖的水最终是向北汇入北冰洋的。阿勒泰冰川融化的雪水和高山泉水，首先流入到喀纳斯湖，再由喀纳斯河一路流经红木河、布尔津河、额尔吉斯河到达斋桑湖等，最后进入北冰洋。没有经过考证，不知道这里的河水是不是真的向北流？

喀纳斯湖很神秘，有些“水怪”的传说。我们怀着探秘的心态,乘快艇游览了喀纳斯湖。该湖共有六道弯,据说当时发现“水怪”的地方是在二道弯与三道弯之间。所以我们也顺着湖弯向前行驶到三道弯处,还停留了一小会儿。这时,但见湖面风平浪静,四周悄然无声,却并未出现我们所希望见到的“水怪”。听当地人说,所谓“水怪”,其实是多年生长在这里的大鱼而已,只是为了迎合人们的探索之心,才夸张了这些神秘的传说。可见,“怪”也是在人们的口口相传中衍生出来的,真正见到此“怪”时,恐怕也就不为怪了。

上岸后,我们参观了图瓦人的家。他们祖祖辈辈住在木楞屋里,穿着蒙族的服装,过着以牧猎为主的生活。如今,在景区居住的几户图瓦人家,只是作为游客了解图瓦人的一个桥梁,追溯着历史的传说。

景区由于气候原因,每年只有夏到秋季间的五个月时间开放旅游。听说为了保护景区生态,接待游客的餐饮、住宿等设施,统统要搬迁出景区。不过,得到冬季才开始动作。所以,我们这时候所见的喀纳斯景区,的确游人如织。尤其前往喀纳斯湖的路上,人为破坏比较严重,感到有些惋惜。希望下次再去时,看到的是一个规划科学、生态平衡、风景迷人的喀纳斯。

走近兵团

“新疆生产建设兵团”这一名称,早已如雷贯耳。从当年特别能战斗的三五九旅,到现在扎根边疆的“兵团人”;从五十年代初进疆戍边屯垦,到过去半个世纪的累累硕果;他们为边疆的建设发展、国界的和平稳定、民族的团结融合,作出了关键的、不可替代的重要贡献。

我们在有关文件或材料上,经常可以看到,文件的抬头在各省、市、自治区之后,肯定是“新疆生产建设兵团”的字样,由此可见它在全国的政治、军事和社会地位了。兵团的同志也有一种自豪感，但凡在疆单位的人，初次见面打招呼时，都会自然而然地问到，你也是兵团的人吗？第几代？而被问及的，果真大多是从兵团走出去的。他们对新疆生产建设兵团的感情，已经深入到了骨髓。就像人们赞誉兵团人时说的一句话："献了青春献终身，献了终身献子孙。"

据介绍，建设兵团现在下辖14个师，共260万人，分布在全疆所有地区。过去是全军事化建制，后改为半军半民性质。走到今天，因形势的变化和市场经济的需要，目前已是"民"的成分多于"兵"了。除了称呼如司令、政委、师长、团长等仍与部队相同外，再往基层就称为分场的场长、队长了。

我们慕名参观了兵团的明珠——石河子市。石河子市距乌鲁木齐约150公里左右，过去这里是一片石子河滩，现在不仅建设成为一座新兴城市，而且被联合国授予"人居环境改善良好范例"奖。这里，最有兵团特色的就是建制和称呼了。我们在石河子市政府办公大楼前，看到大门边挂的单位铭牌，上写"农八师石河子市人民政府"——寓先有兵团而后才有城市的意思，的确恰如其分。现在，石河子市政府与农八师是两块牌子一套人马。

新疆有着得天独厚的地大物博优势，使他们在制订规划时可以超前考虑，尤其像石河子这样的新兴综合性城市。我们看到，城区的道路修得又宽又直，各工业区、商业区、行政区以及休闲区的划分，都比较明确合理。即使在市政府大楼前，还预留了市民休闲娱乐的喷泉广场和大草坪。石河子大学是新疆的重点大学，前不久媒体宣传的北大教师孟二冬也曾在这里支教，并留下了不少感人的事迹。

到石河子，有两个馆是一定要去参观的。其中一个是"周恩来总理纪念馆"。1965年7月11日，周总理出访回国途经新疆，专门到石河子接见支边青年，并留下了"出身不由己，道路可选择"的名言。这句话在后来的一系列运动中，还激励过不少知识青年到工矿、农村、边疆去，使各条战线涌现出了许多青年榜样和模范人物。

我们在周恩来纪念馆的展品中，看到两张很有意义的照片：一张是周总理、陈毅副总理等中央领导当年与知青们的合影。另一张是兵团成立五十周年时老知青们的合影。当年意气风发的年轻人，现如今已是两鬓斑白，有的甚至坐着轮椅。他们艰苦创业、无私奉献的精神，可歌可泣，将永远载入新疆建设和发展的英雄史册。

另一个馆是"兵团历史博物馆"。当年，王震将军带领三五九旅扎根边疆，屯边垦荒，使塞外的新疆成为赛江南的好地方。今天我们看到焕然一新的石河子，不会忘记昨天兵团人的艰苦奋斗。展馆内，兵团人当年垦荒的珍贵照片、垦荒时使用的简朴物品，都令我们肃然起敬。

兵团的屠局长给我们讲了一个小故事，当石河子的铁路修好之后，兵团举行的八一建军节招待会上，领导问老同志们有什么要求？那些早已步态龙钟的老垦荒人，提出的唯一要求竟是：这辈子修好铁路却还没坐过火车，希望有生之年能坐一坐。虽然要求如此之小，但铁路运行是按规定调度的，不能随意更改。为了实现老同志的这个心愿，经与铁路部门协商，就安排老同志们在本车站内乘坐，从南段到北段地开行了几个来回。老同志们坐上火车，一个个高兴得跟孩子似的，非常激动！想当年，他们为建设新疆吃了那么多苦，付出那么大的牺牲，而今天，他们提出的愿望竟是那么微不足道！

在吐鲁番

新疆民歌中曾经这样唱道："我们新疆好地方，天山南北好风光，戈壁滩上变良田，积雪融化灌农庄……"但是，我们在去吐鲁番的路上时，看到的却是公路两旁一望无际相连成片的荒漠，地表铺满了大小不等的卵石。当地人介绍,这就是戈壁滩。途径达坂“城”时,没有停车下来,自然也没见着达坂城里长着“漂亮眼睛”的姑娘。想来,这达坂城满地硬又圆的石头,不知经过了多少岁月的侵蚀和风雨的磨砺,才成为这个状态的戈壁滩。

新疆的风非常之大,大到可以掀翻火车!这是大家都听说过的事情。我们经过“风口”时,当地的同仁告诉我们说,前面开阔地上耸立着的一排排的风车,就是新疆最有名的“风口风力发电站”。远远看它时,风车的样子就像是儿童们的玩具,及至近瞧,原来是个庞然大物!每一座风车都是一个独立的发电机组,每一个叶片都在充分地吸纳着风口吹来的大风,再将它转换成电能,把电力送到各处。利用风能发电,既环保又节能,这也是新疆得天独厚的优势。

气象台发布吐鲁番当天的气温为43℃,据说最高时这里的气温可达47℃,有点吓人。但吐鲁番的海拔极低,为154米,所以紫外线并不强。由于这里的气候少雨而日照长,瓜果长得不仅多而且很甜,比如葡萄沟的葡萄、鄯善的哈密瓜等。记得我们在吐鲁番火车站,站台上有一卖哈密瓜的商贩,问他价钱,3只装一袋的大哈密瓜只要10元,的确便宜。

“坎儿井”是吐鲁番特有的水利灌溉工程。坎儿井自西汉时期开始修建,至清朝时才结束,前后历时一千多年。工程浩大、费时长久,当然作用也非常明显。它与京杭大运河、万里长城并称为中国古代的“三大奇迹”。吐鲁番的气温高、降水量小,每年降水仅十几毫米,却要蒸发掉两千多毫米。水资源严重不足,只有靠引水入此来解决生存、生活和生产问题。坎儿井的水源主要来自雪山的雪水和泉水,通过坎儿井的渠道通达四面八方。时至今日,吐鲁番地区的生活和灌溉主要还是依靠坎儿井流过来的水。

吐鲁番的土地多为盐碱性质。路上,我们就经过了一个大盐湖。盐加工厂建在盐湖旁边并长年生产。除了盐,工厂还生产与之相关的化工产品。我们在路边远远望去,只见盐湖的水迎风荡漾,湖边的晒盐场盐花闪闪。

这里的天然气和石油储存量也非常大,目前正在开采之中。一台台“点头机”(采油机)日夜不停地工作着,一旁工厂的烟囱还不时冒出火苗,燃烧着释放出的多余气体。这些都印证着,即使在这“不毛之地”,地下亦蕴藏着丰富的矿产资源,在为新疆人民创造着财富。

《西游记》里,有描述唐僧师徒取经路上经过火焰山的情节。我们此行,也领略了一下这里的“火焰山”风光。火焰山在离吐鲁番市区50多公里处,土地的颜色是淡酒红色,山不高,方圆2平方公里左右的面积。由于温度极高,山上及周边什么也不生长。当汽车开到离火焰山大约还有300多米距离时,驾驶员就把车停了下来,说山前的温度太高,要是再往前走的话,汽车发动机吃不消,连轮胎都会融化。我们大家都跃跃欲试地想下车去体验体验。果然,车门刚打开,一股热气立时扑面而来。越往山的方向走去温度越高,我们大概走了才几十米远,四周闷热的环境已经让大家感到有些呼吸急促,于是赶紧原路返回。大家纷纷猜测:这地下的谜底到底是什么?难道真有火焰山!还是别的地热资源?

葡萄沟,顾名思义是盛产葡萄的地方。因为这里的土壤、气候和温度,都非常适合葡萄的生长。如今,这里已是著名的葡萄生产基地和旅游景点。我们七月份去的时候,葡萄还在藤架上泛着青色,离成熟尚有些时日,所以在集市上没看见鲜葡萄。摊位上出售的,全是去年晒下的葡萄干。这里的葡萄干糖分很高,色泽也好看,尤其口味不错。实在是提不动,要不然,准会多带一些回去的。呵呵!

吐鲁番是我们新疆之行的最后一站,晚上我们从吐鲁番火车站乘火车离开新疆。听说吐鲁番火车站离市区有60多公里,真远啊!一打听,原来吐鲁番市区的地形像个盆,海拔非常低,气温又很高。经过专家论证后认为,如果火车站建在市区内,火车势必要爬坡,拐弯后才能出城。而铁轨长期接受高温炙烤容易变形,产生安全隐患,所以才会这样设计和建设。

就要离开美丽的新疆,真有点不舍。走过难忘的山水,触摸久远的人文,结识热情的朋友,留下深刻的印象。一路上,脑海里不时会回旋那些好听的新疆民歌,不禁小声地哼哼着,回味 10 天的新疆之行。

香山览胜

初识党校

1996年夏天，有幸参加了当地在中央党校举办的一个理论培训班。

中央党校地处北京市的西北角，毗邻颐和园。门牌上写着："大有庄100号"。一进院子的大门，映入眼帘的是一座由条石砌成，高居院中的屏墙。屏墙的正面镌刻着"实事求是"四个大字，是毛主席他老人家的手迹。

走进办公大楼的前院，就能看见满院子的植物。以杨树为主，还有柳、银杏、柿、核桃等许多树种，以及一些不知名的矮丛灌木。图书馆、礼堂、教学楼、宿舍楼，依次合理布局，掩映在红花绿树丛中。我们的住处就在礼堂后面的一栋宿舍楼里，用餐则在家属院内的职工食堂——出东门走200米左右即可。

像我们这样的基层干部，能有机会在这里接受培训，真是一生难逢的幸事。中央党校有一流的专家学者和研究人员，尤其在政治理论研究方面，成果丰硕。可以说，有不少重要理论的产生，都是出自这些专家学者。

初识党校，既高兴又激动——毕竟我们来到培养国家干部的最高学府，接受最前沿的理论教育。同时也希望通过这次难得的学习机会，能够提高自己的理论素养和党性修养，回去把自己的工作做好。

前一阶段参加法律知识培训，有幸聆听到我国法律界泰斗的授课，学到很多法律知识提高了自身的修养；这次置身于中央党校，则得到了党的最高学府的理论滋润，开阔了眼界。

其实，我的党校情结由来已久。因为生活年代所造成的客观原因，我错过了上全日制大学的机会，我的许多理论基础，是通过接受各级党校的在职培训来完成的。因此这次来到中央党校，自然就有“一见如故”的感觉。

香山览胜

香山是北京的“名山”，从地图上看，离中央党校不远。趁着周末，我和另一位女伴小廖相邀，慕名游览了香山。

到香山的公交车很方便——出党校大门后，往前走百余米，就是“北宫门站”。乘中巴1元的票价，只半小时，就到了香山脚下。下了车，顺着小街市的坡路走不远，就是香山公园北门。

公园内有座寺庙，名为“碧云寺”。据说过去是皇家寺庙，专为皇亲国戚拜祭建设的。如今历经几百年，这寺维护得仍然很好，且明文规定不得在寺内进香，使寺庙看上去很清爽。当然，最重要的是可以消除火灾隐患。寺庙内有一座很大的玉卧佛，据说非常珍贵。由于光线不好，又婉谢近观，没能看个究竟，有些遗憾。

香山也是北京的一座森林公园，山上绿树葱郁，古木参天。为了方便游客览胜，有缆车直达山顶。时为盛夏，看着正午在烈日下排队乘车的人们，心里有些犯怵，便打消了乘缆车的念头。于是，我们顺着山路，借着树荫，边走边看边拍照。

山腰上立着一座琉璃塔，很是耀眼。当我们走近时，只见塔上的琉璃瓦在阳光的映照下，闪闪发亮，“贵气”逼人。我赶紧打开相机留影，却发现快门已经揿不动了——胶卷用完。(若是现在的数码相机，只要有存储卡，一切都不成问题。)只好不无遗憾地将这琉璃塔的美景印在了脑子里。

中午时分，我们在树荫下坐着歇脚。凉爽的山风从身边轻轻拂过，把汗湿的衣衫吹干，立马觉得身上舒服许多。取出带来的面包、饮料等食品，权当午餐。边吃边天南海北地闲聊着。幽静的环境和清新的空气，令人身心愉悦，好不惬意。

“双清别墅”是香山上的一座旧房子。1949 年新中国成立前夕，毛主席曾在这里住过几个月，写下了许多有重大影响的战略谋划文章。还留下了许多有历史意义的影像。至今，“双清别墅”仍然保留着当年的原貌。

因为我们是夏天去的香山，所以没有见到闻名遐迩的“香山红叶”胜景。但是，从它夏时的郁郁葱葱，便能想象得出：如果到了秋天，该是怎样的满山红遍，层林尽染！

虽然是在夏日游香山，照样觉得有它的独特之美，也一样令人赏心悦目。就象人生的不同阶段，在我们身上留下不同经历的烙印和记忆一样，夏日的香山也给我留下了同样的感动和美好的印象。有诗为证：

夏游香山郁葱绿，
碧云寺前和风煦。
琉璃塔旁赏美景，
更有“双清”铭心头。

卢沟晓月

党校的学习课程内容丰富，除了课堂听讲，还安排了一些参观活动。首站是到卢沟桥“抗日战争纪念馆”参观。

“七七事变”，抗日抗战从此打响。卢沟桥的栏杆上，端坐着的每尊石狮子，都是中华民族抗战历史的见证。“卢沟晓月”的石碑，诉说着那段沉重的历史。“地道战”场景的真实再现，歌颂了人民战争的无穷威力。

我们怀着崇敬的心情，缅怀英勇抗战、血洒疆场的革命先烈。走进“抗日战争纪念馆”的大厅，站在正中那幅《义勇军进行曲》的大型浮雕前，仿佛回到了全国人民英勇抗日的岁月，也感受到了中华民族同仇敌忾、气壮山河的抗战精神！

曾记得，南京大屠杀的惊天惨案，30 万同胞惨死在日军的铁蹄下，血流成河；可堪忆，日本侵略者以武力挟傀儡的伪满洲国分裂阴谋，把耻辱的烙印深深印在中华民族的历史上！更有那肆意践踏我中华大地，烧杀抢掠，令人发指之罪恶行径，罄竹难书！

纪念馆侧旁，有一段供游客体验“地道战”的地道模拟，我们都进去体验了一下。边走边思，在国难当头的危急时刻，中国军人和广大人民群众，挺身站在抗击侵略者的最前线，为了打赢这场战争，有多少人献出了宝贵的生命！

想起列宁的一句话：“忘记过去，就意味着背叛。”这些历史多次温故，先辈们在腥风血雨中的顽强抗争铭记在心。假如国家面临危难，我们仍然需要大义凛然的壮烈，需要中华民族团结一心奋勇战斗，来共同“筑成我们新的长城”。

思绪万千，我们缓缓步出纪念馆，驻足回望着。离开前，我端起沉甸甸的留言簿，留下由衷感言：重振民族精神，重塑民族自尊，建设强大的祖国！

——让我们共勉。

韩春河村

韩春河村位于北京的房山区，是一个靠近都市的村庄，也是北京市的首富村。而在若干年前，这里还是被村民们称之为“寒心河”村的地方。为了更直观地诠释社会主义新农村的新变化，党校安排我们参观了该村。

改革开放以来，韩春河村发生了天翻地覆的变化。村民们在支部一班人的带领下，以建筑业为龙头，陆续建起了一系列的乡镇企业；采取集体耕作的方式，通过农业机械化操作，来管理农作物的生产和收获；依靠集体资金的积累，办起了有幼儿园、小学、中学、大专的村级教育中心，积极倡导努力学习的风气，以奖励为依托来鼓励不同家庭层面的学子们就读；还通过公共积累，改善村民的居住条件，办好村里的福利以及养老等事业。

看着幢幢整齐漂亮的民居，走进环境优美的村校，旁边的工地上，还有新企业正在进行建设。不禁想，韩春河村成为样板村的关键，在于有一个带领全村人积极进取、克己奉公的基层党组织；有一个齐心协力、改革发展、共同致富的公平理念。一个名不见经传的小村子，改写了贫穷落后、逃荒讨饭的历史，走向了人人奔小康的社会主义社会。

其实，韩春河村的“春”字，应是“村”字为正。只是参观之后突发奇想：有着如此优越经济条件、正在快步奔向现代化新农村的韩村河村，不正是村民们期盼着的美好春天么？于是，便把“春”留于村，如是也。

航天博物馆

有些记忆，有时会在较长一段时间内萦绕在脑海里。记得1992年，收看过央视火箭发射的现场直播。

令人揪心的是，在火箭即将升空的瞬间，突然发现某个部件有情况，发射中心迅即关闭发射程序，避免了一场恶性事故的发生。如此尖端的技术和精细的操作，的确令人佩服。但是毕竟未能发射，期待着的激动人心的场面倏忽消失，难过的眼泪，随着不安和失落潸潸洒下。虽已过去数年，但那情、那景很长时间挥之不去。

这次，我们有幸参观国家航天博物馆。了解中国人寄情航天发展的漫长历史,回顾新中国的航天事业从无到有、从小到大,一步步走向世界的辉煌。终于让我把多年前的那份牵挂慢慢放下。

在观看我国航天发展史的录相后了解到,我国从1958年初创航天工业,到今日的称雄世界,其间经历了许多艰苦创业和科学探索。一代代国家领导人的殷切期望和关怀,全国各行各业的积极支持和帮助,各族人民的热切关注和期盼……都成为航天人的动力。他们从失败的低谷中走出,历经无数次的科学实验,其中包含着航天科学家们的呕心沥血和痴心不改。正是如此,才有我们今天取得的骄人成就,我们才能理直气壮地走向世界!

时至今日,中国的航天事业得到了迅猛发展。飞向宇宙、遨游太空,奠定了中国在国际上作为航天大国的重要地位。可以说,航空航天事业的发展、进步,时时牵动着全国各族人民的心。

随着中国国力的进一步增强,我们的航天事业愈加辉煌。作为一个中国人,为此感到骄傲和自豪,也对航天人无私奉献的高风亮节表示崇高的敬意。

杨树的眼睛

小时候的语文书里,曾经有一篇课文,是写白杨树的。课文作者通过拟人及形容,形象地描写了杨树的生长、作用以及特性,并把杨树的树皮在生长过程中开裂之后形成的结,比喻为人的"眼睛"。

虽然南方也有杨树,也同样高大挺拔,但南方的杨树由于品种不同,连树叶都长得"文绉绉"的样子。所以,对于杨树皮会像人的"眼睛"的描写,始终不得其解。

在中央党校的院子里,我终于见到了北方的杨树:高大挺直、枝繁叶茂,树干上的树皮自然形成的裂纹,果然如一只只"眼睛"——大自然鬼斧神工般的"作品"。那眼球、那眼帘,甚至眉毛,一串一串环绕着树干,很难想象得出,它是如何演变成的。每每望过去，好像那树干生出的“眼睛”在注视着你、观察着你，等你再次流连回头时，它仍然睁着大“眼睛”站在那里。

那晚，到校图书馆找资料，出来时四周漆黑如墨，一丝胆怯流露。明知校园有十分的安全保障，但还是对暗夜感到有些不安。边往回走时，忽然记起了高高的白杨树，想起了它树杆上长着的一双双“眼睛”。于是自己给自己壮胆，相信杨树的眼睛一定会目送我平安回去的。

当然，一切不安皆“杞人忧天”。

与师一路谈

班里安排参观“中以示范农场”。乘车时，我与班主任王雪玉老师正好座位相近。一路上，我们一直在小声地聊着。我对王老师的印象很好，与她交谈时的感触也颇多。

王雪玉老师，青岛人。据说，“文革”期间，她从外语学院毕业，学非所用至今。从她的外表上看，比实际年龄年轻许多。她雍容大方、谈吐深刻、思维敏捷、平易近人……风度和气质都很好。这次，她主动担当了我们的班主任。

车在宽阔的大道行驶，王老师的思路也是那么的宽广、舒畅。她从理论学习谈起，娓娓道来，话题广泛而富有哲理。与她交谈，我获益匪浅，很受启迪。

——比如说学习。王老师认为，其实每个人都在以不同的形式进行不同程度的学习，其中有理论的，也有实践的。但要提高自己，还得善于思考，把所见所学的东西融会贯通，变为自己的理解和思想。当然，这不是一蹴而就的事情，更多的还要靠平时养成，靠日积月累的转化。只有达到了一定的程度，它才会发生质的变化，从而提炼为一种精神，影响到你的言行，指导你的工作，正所谓“厚积薄发”。

——比如说信念。王老师觉得，作为一名担负相应职务的领导干部，一定要有坚定的为人民服务的信念。尤其要站在人民群众的立场，多为人民群众办实事、做好事。我们广大党员和干部队伍的绝大多数都是好的，是高素质的。她认为，一个人为人民群众做了好事，群众是不会忘记他的，因为公道自在人心，群众心里有杆称。

——比如说位置。即要正确对待名誉地位，处理好人与人之间的关系。要找准自己的位置，不论什么时候、在什么岗位、做什么事情，既不要越位，也不要缺位。是正职就认真负主要责任，做副职就配合当好助手，搞好协调。无论言行举止、看问题的角度、处理问题的方法等，都要适合自己的身份、位置和场合。既不能高高在上脱离群众，也不要把自己等同于一个普通老百姓。这样，才能恰到好处地开展工作，完成好任务。

——比如说方法。王老师谈到，一个人要有开阔的胸怀，要容得下事情；要有大无畏精神，敢于坚持自己正确的观点；还要有经验、懂策略，善于寻找恰当的方式方法。尤其在应对突发事件的时候，一定要沉着冷静、科学处置。此外，做人要大气，不要纠缠小事，搞无原则的争论。

王老师一路上对我说的这番话，让我印象非常深刻。尤其她对人对事的看法和处理角度，都值得我认真去体会。回来后，立即把这些要点记在了笔记上，待有空时经常体会。结束在中央党校的学习后，与王老师还保持了较长时间的书信往来和电话联系，同样受益匪浅。

王雪玉老师，她不仅是我的班主任，在某些方面更像是我的大姐。她教我做人的准则、做事的经验，她从正面引导我、启发我，是我人生路上的良师益友。

听说王老师已在几年前退休，但她与我谈过的这些观点和方法，还在思想上影响着我，督促我在工作中恪尽职守，在处理问题时有宽阔的胸襟。

听课的感想

以前也经常听课,但一般就“课”论“课”的时候比较多,学习方法也略显呆板。学习效果自然也会有些“折扣”。而在中央党校听老师讲课,则是一种享受。感觉他们的确是一流的老师,也是把理论联系在实际中的最好老师。归纳起来,有以下几点感想:

一是高屋建瓴——党校作为党的理论研究的最高学府,它的优势正在于自身所处的政治理论和社会科学理论研究的中枢地位,这种地位决定了他们一直站在学科的前沿。面对许多疑难问题,都会从全局去分析、判断和理解。使我们在学习过程中,也能够较好地看到问题的本质,从而把握全局,审时度势。正所谓“站得高、看得远”。

二是传授经验——俗话说,“见多识广”。在中央党校学习,不仅接受的信息量大,而且时效性好强。不论直接的还是间接的,正面的还是反面的,通过最广泛地了解信息得以兼容并蓄,去伪存真、去粗取精,给人启迪。这样,使我们在听课的过程中,能够结合实际认真分析、思考、比对。正是“他山之石,可以攻玉”。

三是教书育人——老师们的言谈举止,本身就是一个表率。他们在讲课中,不仅从理论上进行引导,还根据我们当地的具体情况、所处的工作岗位等,从德才兼备到党性锻炼,从世界观改造到为人民服务……循循善诱、诲人不倦。注重讲课的可行性、实用性、指导性,精彩迭出,令人耳目一新。

我非常珍惜这次难得的学习机会,更感激老师们把自己知识的积累和盘托出,把研究的前沿信息及时传递给我们。这些有理、有据、有论、有点、有实例的高水平讲课,着实引人入胜。真是“听师一堂课,胜读十年书”。

拜读杨绛

著名作家钱钟书的夫人杨绛先生,也是著名的文学大家。对我而言,就像迟来的风信子,我至今才拜读到她的大作——临来党校前,到书店找学习资料时,见有其作,购得一册《杂意与杂写》。

杨绛先生的散文,笔端淡雅从容、善意风趣,还略带些幽默俏皮。从字里行间,真感觉不出这是她在暮年时所写的作品。

《杂意与杂写》的得意之处,还在于钱钟书先生亲为作序。他们真诚相处,相濡以沫了半个多世纪的美满婚姻,即使经历种种坎坷,也因为他们的共同志向,而把生活演绎得如花如蜜、如诗如歌,正谓"岁老根弥壮"。

读杨绛先生的散文,亦可见其赤诚之心。掩卷而思,更觉得其"品位在文外"。感受有二:

一是学不断,写不停。她的"到书中去做客",真是绝妙佳想。不是常读书又读进去了的人,是体会不到那样一种神来意境的。所以,她即使在年迈之时动起笔来,那人物形象、那事件缘由,照样刻划得栩栩如生,事情犹如昨日发生。

二是情趣广,情操高。俗话说,"言如心声",在她的眼里,她所接触到的人都是很美、很善、很可爱的。她经历的事也是有趣、有味、有生活的。我想,正是因为她心底无私、大爱无言,所以才能心无旁骛、下笔如有神。也因此,才能写出那么优美的文字和健康的内容来。使我们既远远地望着她,又似乎与她一起在感受着生活的四陈五味。

从钱钟书先生的《围城》,到杨绛先生的《杂意与杂写》,两位大家,一对伉俪;文坛佳话,传世隽永。

行走在冀

豪放张家口

到北京对口部门的学习结束后,安排了到张家口和承德等地去学习考察。一来张家口市的荣局长到南昌时曾盛情地邀请过我们,二来也想去学习一下他们的先进工作经验。

与荣局长联系后他热情之至,到北京接上我们就直奔张家口,这令我们感动不已。从张家口到北京有直达的"京张高速"但由于车流量太大,路上经常堵车,抵达张家口已是晚上七点多钟。

据说张家口的名称是有来由的:明末清初时,有一张姓大户人家在此地生存繁衍。附近有座太平山与内蒙相邻,从北方吹来的风经过这里,使该地成为了风口,故而称之为"张家口"但没有去考证此说的真实性。不过张家口过去曾经是察哈尔的省会,撤省后先划归内蒙管辖,再后来又划归河北至今。

张家口市为狭长的条状,总占地面积3万多平方公里,目前总人口为450多万人。其农作物以旱田作物为主,如玉米、莜麦等,盛产苹果、梨、杏等水果。最有名的特产为葡萄酒和香烟。

记得在看不少电影和电视剧时,尤其是战争片,经常会出现的一个镜头就是:一座老城墙的城门上,有块题着"大好河山"四个字的匾额——这就是张家口的城门,它与北方的长城相连并延伸。至今,这座城门仍然是张家口市的出入口之一。

“亚龙滑雪场”在张家口所辖的崇礼县境内。作为南方人,这是我平生第一次看到滑雪场。看那皑皑的雪道,生长笔直的桦树林,这里汇聚着众多热爱滑雪的人,甚至还有不少的孩童,可见还是很有吸引力的。那些滑雪爱好者们,穿着多彩的滑雪衣、靴,套上滑雪板,在雪场上欢快地游玩着,好似一幅北国欢乐图!

据说,亚龙滑雪场的雪道非常标准,是按照专业比赛要求建设的,足以举办国际性的赛事。亚龙滑雪场建成并营运后,还带动了当地旅游业的发展。比如我们沿路看到的,不少接待游客的“农家乐”小院旁,一些旅游公司的车辆正停在路边落客。

在去崇礼的路上,我们还欣赏到优美的北方田园风光,感觉其生态环境保护工作做得较好:空气清新,蓝天白云,鸟儿飞翔,山上还栽种了不少的树木。说实话,在气候寒冷且缺水的北方,人工造林并不是件容易的事。当地还采取将牛羊圈养的办法,以保护植被,这也使崇礼成了京城及周边省市游客们慕名前来的热门景区。

说起这些,荣局长还专门提到了他在崇礼县任副书记时的老搭档,当时分管农业的范副县长(现为县政协主席)。范县长在任上时,他们共同为当地的造林和生态保护制定出不少措施,而且亲力亲为地去具体实施。正巧,中午在县里用餐时,联系上了范主席。接触后感到,他与荣局长一样是利索干事、豪爽为人的汉子。

回市区时已是傍晚。从车窗向外望去,天与山的界限仍然非常清晰,晚云的色彩也深浅分明。远处,缓缓移动的云朵,伴着橙红色的夕阳,渐渐地隐没到了山的那边。几处农舍炊烟袅袅,村前偶有路人走过,显得静谧而祥和。

张家口,历史悠久的张家口。古时的兵家要地,今日的京北重镇。

同仁荣国明

有道是,“有朋自远方来,不亦乐乎。”几年前荣国明局长一行数人路过我市时,尽地主之谊接待了他们。只是因为时间短暂,没来得及做更多的参观和交流安排。后来,大家也偶有电话或贺年卡往来。

在间隔了近十年之后,国家有关部委恢复表彰了一批全国的先进集体。我们和张家口局同是被表彰的先进集体,这次的张家口之行,也是希望学习考察他们的先进经验。荣国明及其同仁的热情接待和周到安排,令我们有了“宾至如归”的感受。通过与荣国明的接触交流,更加感受到他对工作的责任心和敬业精神,的确值得我去学习和借鉴。

此前,荣国明曾经在张家口市辖的崇礼县担任过县委副书记,几年前提任到市局任局长。虽然他的祖籍是承德,却一直在张家口成长、生活、工作。可能因为有些近视的缘故,鼻梁上架着一副扁框眼镜,显得儒雅斯文。他说话的声音也很洪亮,语调干脆利落,给人以果断、有魄力的印象。

荣国明是位认真敬业的管理者。我们一走进局机关的办公大楼,映入眼帘的是墙上张挂的局机关干部“岗位一览表”。表上贴着每个人的照片,写着名字和职务,使前来办事的人一目了然。在每个科(处)室的门口,还标注了责任人及工作职责,各室相关的工作制度也同样规范上墙。那天正值周末,仍然有些机关干部在加班。一了解,是为了完成年终信息数据统计以及迎接年终检查——因为这项工作的时间性比较强,工作量也比较大。荣国明解释说,只要有工作任务,大家都不分平时还是周末,一切以完成工作任务为准。可见,规范的管理制度加上领导的以身作则,其他干部一定会紧跟其后去努力的。

荣国明对待朋友是位周到细致的热心人。从北京到张家口的行程约五个小时，为了不让我们感到寂寞，一路上他热情地与我们聊着天。言谈中，既介绍张家口的人情风貌，又谈到他对局里工作的思路和打算。间或，还给我们讲一讲古今中外与张家口有关的故事和传说，显示出他的知识面和幽默感。由于他的热情风趣，车上一直充满着轻松和愉快的气氛。大概考虑到我是女性，荣国明还特意安排办公室主任小孟来陪同。小孟人年轻但却很细致，且善解人意，一路上对我照顾有加。尤其我因山路颠簸而晕车时，她跑前忙后，嘘寒问暖。由此可见，荣国明的周到细心，还潜移默化地影响着局里的其他干部。

我们从张家口去承德时，由于高速公路尚未修好，两地之间的交通不大方便。荣国明事先与承德方面联系沟通，并亲自安排好车辆送我们前去，一路上仍然谈笑风生地陪同，直到我们从承德经石家庄回南昌——这令大家感动不已！更是留下难忘的记忆。

至今，大家还常互有电话或短信问候。

历史的承德

承德是我早就渴望去的地方。但是，由于阴差阳错的原因，我与承德两次失之交臂。而且两次都在20世纪90年代。

头一次，是在北戴河参加全国培训班学习时。培训结束后，我们即订好了火车票，欲取道北京去承德，但不巧的是，刚刚抵京就接到家里电话，说有急事要我尽早赶回。如此一来，只好匆匆换票往回飞，留下了几许遗憾。第二次是在间隔一个月之后，我参加市里组织的学习到北京。期间，与几位学员约好，准备利用周末的时间去承德。但是头天晚上开始身体不舒服，第二天更加严重了些，不得不无奈地取消我的承德之行，心里想象着未曾谋面的避暑山庄。

十年之后终于成行，这次是从张家口去的。由于张家口到承德的高速公路正在修建，我们走经张北、固原、丰宁再到承德的路线。虽然山路不大好走，我也有些晕车，但一路上的景致还是挺独特的，有很大的“可看性”呢！

冬日的张北“坝上”，道路两边的地势是由平地渐渐向山坡蜿蜒过去的。山坡上的牧草，呈现出一片干黄色。寒冷的气候，使草面染上了一层薄薄的白霜。远远望去，仍然可以想象得出，这坝上春日的生机和夏时的亮丽。荣局长稍显遗憾地说，要是夏天，那绿茸茸的草坡才好看呢，就像绿毯一样油光发亮。他建议我们夏天再过来看看，领略一下大草原最美丽的风光。

我想，冬日也有冬日的恬静和安宁。看那稍远处的山坡，草根上浅浅的白色，不知是结着一层霜还是冰，在阳光的折射下，闪出晶莹剔透的光色来。山沟背阴处，浅浅的积雪依稀可见。据说因为今年天旱，要不雪会下得很大，满山遍野都是银装素裹。那就真是“好一派北国风光”了。美中稍显不足的，是从张家口到承德的那段山路弯来绕去的，结果我被绕“晕菜”了，吐得一塌糊涂。及至丰宁用中餐时，看着满桌北方特色的美味佳肴，却不敢动筷子——生怕再吐，也只好喝点酸面汤来暖暖胃了。

承德市局的柴山局长早已在招待所等候我们。柴山年龄不惑左右，曾经在组织部门工作二十来年。通过与他接触和交谈，觉得他是一位挺优秀的人才，尤其是他的聪明才智、踏实沉稳和细致周到，很有些“每临大事有静气”的意思。柴山过去在大学当教师时，曾经到江西某大学进修过一年，但此后未再来过，我诚意邀请他和同仁们，有机会再来看看今天的新南昌。

抽空我们先去看了武烈河。武烈河是承德的母亲河，冬日的水面非常浅，而且已经结冰到了河底。倒是在武烈河旁边，还有一条小河仍然水流潺潺，名为“热河”——因其河水温度在零上而不冻，所以得名。据说解放初曾经设置的热河省，当时的省会即为承德，撤省后承德并入河北省辖至今。

承德的一位徐副局长，不仅是本系统受全国表彰的先进个人，而且书法也得好评，得知后欲索其墨宝。待我们第二天离开承德时，书法已经写好并裱出，这令我们大为感动！条幅的内容为："相隔千万里，山水一家亲"。其书法的造诣和内容的寓意，都让我们倍感兄弟般的亲切，犹如"热河"的名字和水流，是热烈流淌而永不止息的。

老三羊汤馆

据说，羊杂汤在河北是一道"名"汤，无论雅俗或贫富，均受到普遍的推崇和喜爱。犹如在南昌喝绳金塔的瓦罐汤一样，怎么喝都是既实惠又体面的事情。我们那日在承德的早餐，就是到当地的"老三羊汤馆"喝羊杂汤。

"老三羊汤馆"的店面并不大，在承德的街面上也不起眼。入得店去，在楼上一个简单的小隔间落座，里面的桌凳虽较简单，但还挺干净。不多一会儿，店家就用大托盘端着一个个大海碗上来，每只碗里都盛着满满的一碗羊肚汤。立即，满桌开始热气腾腾。凑近碗前，一股清香扑鼻而来——是羊汤的鲜味和着香菜的清爽味。顿时胃口大开，大家纷纷举箸而食。

在零下十几度的寒冷天气里，大家围坐着，喝碗浓郁热辣的羊肚汤，的确是物质和精神的双重享受。我们在南方，还真没有这样吃过呢。据当地人说，羊肚在羊杂碎里是最好的东西，经过汤馆精心煨制体现其特色。切得细细的羊肚丝，放入乳白色的汤汁里，加上调料、添些香菜后更加浓稠而香鲜。一入口，那感觉恐怕只有美食家能恰当地形容出来。

喝汤时，还可根据个人喜好，在汤里放些胡椒末或辣酱，则味道更加有"劲"。汤馆另外还有佐餐的羊杂冷盘和面饼子，随吃随上，内容丰富着呢！如果汤喝得不够也可以随时添加，感觉味道的确不错，所以我亦多喝了半碗汤。

看着他们把一大勺的辣酱往碗里舀，而且吃得酣畅淋漓的样子，也跃跃欲试。但我不吃辣，也就往汤里放上较多的胡椒粉，再加点儿醋，喝起来还有些酸辣汤的味道。喝得额头冒出微微汗珠，的确过瘾。至今回味起来，还余香绕鼻呢。

回南昌后，曾遍寻大街小巷，却没有找着羊汤或类似的餐店。

要喝正宗的羊杂汤，恐怕还是得到北方去吧。

避暑山庄行

作为清朝皇帝的行宫，承德避暑山庄的建筑风格及环境设计都十分考究。早在20世纪60年代，避暑山庄就被国务院列入国家重点文物保护单位之列。前些年，联合国教科文组织也将其列入"世界文化遗产"名录。

避暑山庄自康熙四十二年（公元1703年）开始动工兴建，至乾隆十七年（公元1792年）最后落成，历时89年。当年建设避暑山庄时，据说曾经组织了一批能人，花费不少心思和精力来谋划。山庄的地形地貌依照当时中国版图的形状，并按山水地理"八山一水一分田"的自然比例来进行修建。避暑山庄的庄园占地564万平方米，周边修筑院墙与外界相隔，很有"庭院深深深几许"的感觉。

"避暑山庄"顾名思义，是适合夏季来游玩的地方。又根据当地的地名，被称为"热河行宫"或"承德离宫"。清朝修建此庄的目的，也是为皇亲国戚和达官贵人夏日过来避暑。想来，夏天的避暑山庄，一定是热闹非凡的。不过，冬日的避暑山庄，感觉照样别有一番韵味。

我们进到山庄的时间有些晚，已是下午四点钟左右。那日正好晴天，西下的夕阳，把最后的余晖投射到山庄的大地，将半边天际染成了深橙色。一抹红云映在人工湖面，天呈柔光，山影重叠，显得静谧而安详。避暑山庄的人工湖比较有特色。湖水基本呈静态，看上去波澜不惊。夕阳在水面的倒影，被原汁原味地体现出来，就连我们拍的那些照片也"沾光"地好看起来，照片里那岸上的物景倒映在湖面，就像镜子般对称明亮。

走过一片小树林，几只梅花鹿在旁边悠闲地嚼着枯草。可能是对游人见得多的缘故，见到我们走近，它们仍然"泰然自若"地做着自己的事。你看，在避暑山庄，连梅花鹿也"见多识广"呢。呵呵！

路边还有一处荷塘，塘里的水早已完全结冰，只余几枝残荷孑立在那里，莫非是要"留得残荷听雨声"？水塘的冰面早就成了天然溜冰场，一群年轻人正在欢快地溜着冰，间或，还传来几声稚童儿的嬉闹声。我们被这种氛围感染，也纷纷下到荷塘，去试探性地踏踩着冰面。已经非常硬实的冰面，即使在上面蹦跳，也不会有掉到水里的担心——因为早已滴水成冰了。

从未有过在冰上行走的感觉，有些忐忑，年轻人见状，热情地过来牵扶着。站在荷塘的冰面上，想这塘里的水或许原本就是清亮的，所以结出来的冰也清澈见底。

参观外八庙

避暑山庄的"外八庙"，是相对于避暑山庄里面而言的。因为这八座寺庙都坐落在避暑山庄的庄外，所以在前面加了一个"外"字。

据说这八座寺庙中，不论哪一座寺庙，它们的正大门都是朝着避暑山庄的方向打开的，形成一个"众星拱月"的架构，象征着皇权的高贵。这里面，既有朝廷规制的要求，也有"顺应天听"的意思。由于时间关系，我们只参观了其中三座较有特色的寺庙。

普宁寺——它是"外八庙"中最为壮观的一座寺庙。因为寺内有座巨型木雕"千手千眼"观音佛像，故又称之为大佛寺。我们走近跟前,观那木雕观音的确蔚为壮观,而且面目刻画很和善。记得刚进寺时,还以为门口那座弥勒佛雕像是该寺的"镇寺"大佛,后来看见中间殿内的那座佛像也比较大,才知道原来这里的每一尊都是"大佛",这令我们感叹!一直走到最后面的大殿,终于见到"真佛"——大佛寺的千手千眼观音大佛。

我们在普宁寺一处展示壁上,看到张挂着十一世班禅前来这里举行法事活动时与众僧的合影。照片上,班禅的形象显得非常祥和睿智,光彩照人。曾经在新闻中听到他的言论,也看到他为众信徒祈福的行动,心里默默地为他祝福,他真的就是专门为佛而生的转世灵子。

普陀宗乘之庙——这是藏语布达拉的意译,所以根据该寺庙的外形,又被人们称之为"小布达拉宫"。它是比照拉萨的布达拉宫建造的,只是面积和规模仅为拉萨布达拉宫的三分之一。不过,这已经是西藏之外最大的一座喇嘛庙,也是我所看到的最大寺庙,真是非常了得。

普陀宗乘之庙由山门、白台群、大红台等三个部分组成。当地人俗称这座寺庙为"大红房"。寺里最具特色的是主殿的"金顶"——它由纯黄金铺就。据说,曾经有人想趁夜晚偷盗那些瓦面上的金子,结果都掉下来摔死了。后来,人们笃信这是因为神明不可冒犯。寺内有座古老的木塔,是建在大殿里面的,有些神秘,不知是不是转经塔。或许,当年为了保护木塔,特地建成现在这样的风格。

最后参观的是普乐寺。据说,建造普乐寺的宗旨是为了反映人世间的阴阳平衡之事,就是讲究内在的修炼之功。据说如果经过长期修炼,僧人就可以达到"坐怀不乱"的境界。这在普乐寺的几个殿内所展出的饰品中,也都体现出这样的意思。或许通过日积月累的修炼,真的能够出神入化呢。阿弥陀佛!

站在普乐寺的后殿,可以遥望远处的磬锤山。磬锤山又称

“棒槌山”，那形状独特的巨石竖立在山头，外形颇似洗衣女洗衣时使用的棒槌，故而得名。磬锤山还是承德的地标，在市区的绝大多数地方，只要朝着磬锤山的方向望都能望见它。

承德所有的寺庙都与清王朝一致，信奉藏传佛教。所以我们在寺里看到的所有僧人，都是披着红色的袈裟。其中还有一些年少的僧人，在寺里来回奔走忙碌着。

走过赵州桥

元代诗人刘百熙对赵州桥曾经如此形容：“水从碧玉环中过，人在苍龙背上行。”诗人的形容，客观地描述了赵州桥的外形和环境。记得小时候在课本里就读过有关赵州桥的课文，其中还配有一幅赵州桥的小插图。所以，此次参观赵州桥，脑子里多少还有一些感性的记忆。

赵州桥又名为“安济桥”，坐落在石家庄市东南45公里的赵县洨河上。该桥建于隋代开皇至大业年间（公元595—605年），由石匠李春建造。赵州桥全长64.4米，桥宽9.6米，跨度为37.02米，更有28道相对独立的拱券，共同组成了一座单孔弧形的赵州桥。

赵州桥的建造十分科学，在桥的大拱两肩，设计安砌了4个并列的桥孔。如此既保持桥的外形美观，又减轻桥身重量，而且节省石料，还增加了水流的通道以确保桥体的稳定性。所以，赵州桥建桥1400多年来，经受住了多次洪水的侵袭，8次大地震的考验，以及过往车辆的长期重压。

赵州桥在20世纪70年代，还是汽车和行人进出县城的必经之道。直到“文革”之后，人们保护文物的意识逐渐增强，当地政府在赵州桥的上游100多米处，重新建造了一座人行桥和一座公路桥，才缓解赵州桥长期以来所承受的重压。

作为全国重点文物保护单位，赵州桥如今只供游人行走和参观。人们为了纪念李春这位能工巧匠,就在赵州桥旁边的小广场,为他修建了一座雕像,让大家永远记住他的贡献。

在通往桥上去的路两旁,有黑石雕就的民间传说中八仙的塑像。那塑像栩栩如生,神态惟妙惟肖。景区的专用广播里,反复播放着当地民歌《小放牛》,因为里面的歌词里提到了关于这座桥的故事。如"赵州桥是什么人来修?"、"张果老的驴车在桥上压了一道辙"等等。

为了保证赵州桥的稳固,在不同的年代已经进行过多次维修,替换下来的旧条石,有的还放在旁边的陈列室里展览。看着那些年代久远的旧石条,以及上面刻画的脍炙人口的民间故事,不禁惊叹前人的聪明才智和坚韧勤奋。

已是冰封时节,仍有不少像我们一样远道前来参观的游人。人们行走在这座拱状石桥上,远远望去,的确如行于苍龙之背,只是因为水浅,所以没有见到诗人说的"穿环之水"。在桥头,我们一睹了"美国桥梁协会"多年前为赵州桥颁发的纪念铭牌。

赵州桥,你是一部饱经风霜的桥梁建筑卷册,见证着1400多年的历史沧桑和巨变。我们这些走在桥上的过客,也悄悄地被你装进了记忆里。

有感西柏坡

南昌到石家庄的火车,没有经过京九线,而是从京广线经过。不过也就一个晚上的车程,10个小时即可到达,我们那次去石家庄走的就是这条线。

石家庄市的同仁曾经诙谐地说,石家庄市的城市建设和发展过程,是由一个小村庄演变过来的。新中国成立初期,河北的省会从天津搬到保定。又因为保定离北京城太近,且"文革"期间方方面面的一些影响,最后才迁至石家庄。其实,自古以来再大的城市,都是在乡村的基础上发展起来的。而且这样的设置会带动起更多的新兴城市。

经过新中国成立以来几十年建设,石家庄现在已经是一座面貌全新的工业城市。加上石家庄与首都相邻,更凸显其重要而优越的地位。而且直辖市天津就在河北地域之内,河北省本身还有旅游城市秦皇岛、历史名城承德、战略要地张家口等,更衬托出石家庄作为省会的辐射作用来。

这次途经石家庄乃为参观仰慕已久的西柏坡。西柏坡在石家庄所辖的平山县境内,党中央开进北京定都的前期,就是在西柏坡运筹帷幄。记得毛主席最有名的一个说法是"进京赶考"。提出不学"李天王",要求保持"两个务必"——即 1949 年 3 月毛主席在中共中央七届二中全会上的报告中指出的"务必使同志们继续地保持谦虚谨慎、不骄不躁的作风,务必使同志们继续地保持艰苦奋斗的作风"。

我们是怀着崇敬的心情参观西柏坡的。谁能想到,在这深山洼地的小山村,竟然容纳了战时的整个党中央机关,而且指挥取得了解放战争三大战役的胜利,最后从这里走向北京,走向新中国,走向中华民族的崛起。

正因为西柏坡历史的特定意义,胡锦涛在出任总书记之时首站就到西柏坡。他不仅要求大家重温"两个务必"的警句,更是提出民族复兴的执政理念,实施了一系列以人为本的民生工程,使广大人民群众看到了新一届中央领导人务实、亲民、和谐、清廉的作风。

西柏坡坐落在一个四面环山的山洼盆地,属典型的北方地貌,以黄黏土为主要土质。因为修建水库的需要,将过去的中央旧址群进行了整体搬迁,并按原貌在距水库不远处重新移建。西柏坡在中国革命的历史上,书写了光辉灿烂的一页,对我们这些后人同样有着深刻的教育意义。我们在西柏坡缅怀先烈的同时,也升华和净化着自身思想和灵魂。

一阵轻风吹过，细如粉末的黄土随风扬起，立时形成漫天的尘雾。没过一会儿，又恢复了宁静。绿荫处，翠柏苍松挺拔耸立，仿佛在守卫着西柏坡的旧址。我们站在七届二中全会的会场前，耳旁仿佛还回响着毛主席关于“两个务必”报告的余音。从中也看到了党中央的英明领导，人民军队的英勇善战，乃至全中国人民共同坚持的必胜信念——了不起的西柏坡精神！

北 戴 之 河

小住环境

还是十几年前的事情，那年的五月，通知我到北戴河培训中心学习 20 天。从北京到北戴河原本有直达旅游列车，因尚未到旅游旺季，直达列车也暂未开通，所以我们参加学习的人只好乘过路列车到北戴河站下车。

培训中心地处北戴河区金山路，位于北戴河东南角。因为培训中心建设得较早，所以院子面积比较大。饭后如果在院子里散步，转完一圈得用半个多小时呢！院内建筑最高不超过三层，据说有明文规定，临近海边不得建高楼。所以只要站在稍微高一点的地方，就可以眺望到无边无际的海。

培训中心的楼房排列讲究，错落有致，建筑凸显民族特色。院子里大树和灌木也比较多，所有的房子都掩映在红花绿树之中，垂柳倒映在葫芦形的人工湖面，清澈的湖水被喷泉搅皱，在阳光照耀下化出一弧彩虹。草坪上开着月季，看上去娇艳无比，透着一片和谐的美。

沿着小道漫步过去，可见回转的拱桥、古典的闲亭、小坐的石凳、动物的雕塑等等，把环境小品设计和运用得恰到好处。斜坡上有不少果树正在坐果,秋来定是丰收的景象。角落里还有菜地栽种着小菜,嫩绿的菜叶透出春意,构成一幅美丽而悠然的春意图。

培训中心的院子离外面车道还有一段距离,平时难得听到汽车轰鸣,更闻不到污染的废气,尤其晚上,更是“深夜花园里,四处静悄悄”。从院子侧门出去,就是海边的碧螺塔公园。公园与海滩一湾相连,旁边还有为游泳者设置的浴室、更衣处等。只是季节尚早,游人寥寥,鲜有试水的人。

北戴河的天亮得真早,才凌晨四点,东方已白。不多会儿,朝阳便缓缓爬出海面,这时看日出,就像歌里唱的那样——“红日跃出海面”。若请摄影师拍上一张艺术照,就如将旭日托在手掌或顶在头上般。

培训班刚开学时,中心的主任曾向我们介绍过这里的环境,特别提到“幽雅、安静、宜人”,当时并没在意,接触之后,却有些“乐不思蜀”了,呵呵!像我们这些从内地基层来的,不仅能在这里参加学习,还能领略北戴河的旖旎风光,开心!

身在海边

由于地域因素,平时难得见到海。所以,一直记得那年在厦门初次看海的激动心情。到了北戴河,身处渤海湾东,住处离大海的直线距离仅100米左右,真的是与大海朝夕相处了。除了晨起可以到海边看日出外,下午课后也赶得上去看海浪,感受海风拂过面庞时的温馨。晚上还能听到海边传来的阵阵涨潮声,甚是惬意。

过去,常常听见人们赞美、歌唱大海,总以为是作者的矫情。及至我也与大海做伴了,亲身体会到它的宽阔,感受到它的气息,领略它的美丽,才发现,原来真正的大海远比歌中唱的要气势磅礴,要雄伟非凡。

站在岸边凝望大海,阵阵海风吹来,夹带着淡淡的咸味,海浪将海水缓缓推向岸边,在海面形成一条条白练,紧接着拍到岩石上,溅起大大小小的浪珠,又快速地洒落四周。海浪冲上沙滩,送来几片多彩的贝壳,煞是好看,禁不住弯腰拾起,托在手心端详,喜欢它浪漫而独特的造型。

待回到宿舍再仔细欣赏那些贝壳时,却发现它已没有原先在海水里所呈现的光泽,反倒显得干枯晦涩。心里便有些疚意——原来美丽一旦离开它固有的生存环境,也会暗淡逊色。看来,好东西并不一定要据为己有,如果把它留在海滩,它一定会继续绽放出夺目光彩的。

置身海边,心情自然而然地变得舒畅起来。曾经的伤感和烦恼,也不知不觉地丢到瓜畦国去了。我被大海所感化、感动、折服。记起伟人毛泽东曾在此写下的一篇诗词:“大雨落幽燕,白浪滔天,秦皇岛外打鱼船。一片汪洋都不见,知向谁边?往事越千年,魏武挥鞭,东临碣石有遗篇。萧瑟秋风今又是,换了人间。”猜想,当时伟人面对大海的汹涌波涛时,一定生出了无限遐想,才能以洒脱的笔墨,留下《浪淘沙·北戴河》这一泻胸臆的千古佳句。

大海,永远的话题;大海,常新的感慨。

长城东看

在北戴河,因为不熟悉外部环境,一般不会独自外出。只有在周末的休息时间,由培训中心统一安排参观。这次我们前往的景点是秦皇岛的山海关、老龙头等处。

秦皇岛,顾名思义,因秦始皇而得名。多年以前,此地仅仅是渤海湾边的一个普通小岛。经过 400 多年的演变,如今已经是一座现代化的旅游城市和新兴工业城市,也是对外的货运港口。

在“老龙头”——长城入海处,我们感受到中华民族恢弘历史在这里的一段缩影。当年,为抵御外敌入侵,秦朝修筑了举世闻名的长城。并为此花费了无以计数的人力、财力、物力和时间。于是,便有了固若金汤的防御工事,也有了孟姜女哭倒长城的民间传说，当然也还有秦始皇收复中原的史实。

古老的长城今天已被联合国定为“世界文化遗产”，继续以自己的岁月沧桑为镜，向世界文明作出贡献。老龙头啊老龙头！它牵动着长城的巨龙身子，越过中华大地一座座崇山峻岭，蜿蜒到了西北的嘉峪关！这惊世壮观的古代防御建筑，留给我们后人的不仅仅是一处参观景点，更是中华民族智慧勇敢的精神和思考。

山海关，集山、海于一处，将关口扼住，形成一夫当关、万夫莫开的阵势，“天下第一关”，五个遒劲的大字，昭示着从古至今的历史。记得小时候听见歌中唱“关内、关外”时，并不明其就里。等我们站在山海关的城楼上，听着情况介绍才恍然大悟：原来往东北即为关外，往冀中则是关内了。如今人们还是以此为界来划分地理的，据说，关内外连气候也因此而“十里不同天”呢！

参观“秦皇求仙处”的景点，令人觉得有些虚幻。想当年秦始皇求仙，希望永固江山，长生不老。但他既不励精图治，也不为民兴政，只是梦想求得仙人护佑。结果江山最后还是被秦二世丢掉了。可见，求仙还得求己，求己还要治政。

晨起看海

大海，这搅得人心绪不宁的海！早上起床还来不及洗漱，穿戴后就急急忙忙赶到海边，只是想看看早上的海是什么样的。

到得海边，晨雾还未完全散去，红日已经高挂天边，海浪吟唱着，一片祥和。顺着海岸漫步，脚踏进细沙，浪花偶溅脚背，嘿！真有说不出的舒适和温润。

站在傍海的小山坡远远地眺望，海面在阳光的映照下，波光粼粼，海水缓缓地漾向岸边，卷起一层又一层的浪纹，像是有谁在水底托着海面的波浪前行，一直奔向礁石。在与礁石相遇的一刹那，激起珍珠般的浪花，瞬时又复归平静。之后，又开始酝酿着新一轮的冲击，如此循环往复。

俗话说,晚涨潮早退潮。早起退潮,浅海边大大小小的礁石全都露了出来。坐在礁石上,望着大海静静地待一会儿,心情感到特别恬静。于是生出一个比喻:大海就像一剂不苦口的良药。看看大海,梳理心情,可以抛却多少愁烦,清洗多少伤痛。

遥望天际,地平线上水天相连。海面上,星星点点的小舟,犹如灿烂的小花点缀在海面——是那些勤快的渔人在赶早海。他们生在海边、长在海边,被大海庇护着、养育着,用他们勤劳的双手和智慧,从海中收获丰富的海产品。

宽广无际的大海,包容了天下,兼容了人心。此时此刻,我很难用准确的语言,来评说它的千姿百态或万种风情。唯有赞美它、亲近它、了解它,才能表达我对大海的眷恋情愫。

欲说还休

在北戴河培训中心的学习即将结束,同时也意味着要告别每天朝夕相处的大海。相伴二十来天,一旦要离开,还真有些依依不舍呢!晚饭后,从内陆一同来的几位学员商量着,大家都说还想走到更远一点的地方,再去看看那边海的样子。于是,我们慕名去了另一方向的金山海滩,这是我来北戴河这么多天,第一次"远离"培训中心看海。

走近金山海滩,立即感受到它海天相连的壮观,不由得回想在住处门前看过的海。如今一比较起来,那边的海只能算是海湾吧。因是海湾,表现出来的多是天高云淡、风平浪静。

金山海滩,的确要喧闹许多,也要波澜壮阔得多,我重新体会着这些天所没见过的、波涛汹涌而又令人陶醉的北戴河风光!

已经傍晚,正是涨潮时分。海面波涛滚滚,海浪一阵高过一阵地涌向岸边,带着巨大的吼叫和喧嚣!眼前的壮观影像让我惊呆了,同来的学员们都跟我开起了玩笑,说只知道我每日都忙忙碌碌去看海,而且看得满心欢喜地回来,原来看见的只是一湾"湖"!

我自己也自嘲着:什么时候成了那只“井底蛙”,只顾眼前的一小块“天”。呵呵!

大家边看涨潮浪涌,边沿着步道转到金山海滩的另一侧。猛然抬眼,有几簇高大的礁石突兀地立在沙滩,任凭海水阵阵击石溅起浪花,它自岿然不动。那情景、那涌潮,何止是拍岸的浪,简直就是扬起又撒落的一捧捧亮丽的珍珠!涨潮的海,后浪推着前浪,快速漫向岸边,兀地,猝不及防被大浪灌满一鞋潮水。索性脱掉鞋爬上礁石顶,饱观海浪击石的壮美一次次再现。

面对高高腾起的海浪,禁不住大喊大叫,手舞足蹈。浪击礁石的轰鸣盖过了我的叫喊声,我却仍然无所顾忌地激动着、欢跳着、大笑着!同来的一对老夫妇,在一旁微笑着静静地看我,拿相机把我“失态”的瞬间按进了快门,也将我最真实的神态留在了海滩。

天色渐渐暗下来,我仍余兴未减。往回走的路上,喋喋不休地诉说着那份激动、那个兴奋、那种留恋。连自己都觉得,好像又回到了年少时。是的,那里有一缕尚未被尘世污染的纯洁,有发自内心的雀跃,也有荡涤心灵的良方。

辽阔的大海,美丽的渤海湾,我把你的容颜装在了心间。

南来的风

咆哮的海

生活在内陆省份，对海的印象无从谈起。所以，无论是在厦门第一次看见美丽的海滩，还是在北戴河感受到平静的海湾，我眼中的大海，都给人以温顺、柔和的印象。为此，当我从那里的海边回来时，留下了许多对海的仰慕和赞美。

大海就像小孩儿脸，一天至少变三变。在从海南岛回大陆的船上，我亲眼看到了大海那疯狂咆哮的一面，切身体会到什么是真正的惊涛骇浪！以至时间过去许久，再回想起来，那激烈的情景、那惊心动魄的感受，都难以忘怀。

我们是带车去海南岛的。离开海南岛那天，刚刚买好船票，即被告知：因受热带风暴影响，海面有 5 级以上大风，船只不能航行，让我们先待在码头上，等待启航的命令。时间已经过去三个小时，越来越多的人和车在原地等候，码头顿时显得拥挤起来。海风一阵接一阵地吹过，冷得让人难以相信这是九月的海南。

等待中，风渐渐地小了，终于听到可以开船的消息。我们赶紧登上那艘人、车共渡的轮船，祈祷能够一路顺风顺水，平安抵达彼岸。

轮船缓缓驶离码头,朝着前方进发。然而,才刚刚航行半个小时,风又渐渐地大了起来,浪也越来越急,船身开始剧烈摇晃!甲板上早已站不住人,船员们一个个表情严肃而又动作迅速地忙碌着。因为晕船且呕吐得厉害,我只好坐在靠近垃圾桶旁的地板上,紧紧抓住椅子扶手,准备随时使用垃圾桶。

耳边清晰地传来巨浪拍击船体时的咆哮声,感受着“轻舟”被波涛“吞”来“吐”去的颠簸,脑子里忽然闪出“浪卷扁舟”的词来。我想,只有在海浪中行过船的人,才能深切地体会到当时的紧张和无奈。尤其看到停在甲板上并被绳索固定住的车辆,也随着风浪在左摇右摆时,心里甚至生出一丝莫名的恐惧来。

“经过大风大浪的锻炼和考验”,是过去常挂在嘴边的话,由于有了一次亲身的经历,这句话被赋予了实际的意义。想象不出,渔民们常年以海为伴,随时要准备与海浪较量的激烈情景。即使如此,他们要在海上谋生,也就不可能离开大海,更不会惧怕大海的风浪。

俗话说,水火不容情。曾经看过大火吞噬房屋的场面,火在消防水枪的扑浇下熄灭。而大海,平静之下暗潮汹涌,应该才是大海的常态。那么我们有什么办法来面对浪涛的肆虐呢?或许“任凭风浪起,稳坐钓鱼台”是一种态度;“自信人生二百年,会当水击三千里”也是一种信念吧。

感受深圳

当初转业时,我和孩子随母亲第一次到深圳访友。那时的深圳,就像一片正在开垦的处女地,除了有限的几幢高楼外,到处都是工地,也看不出有多少城市的端倪。因此,当母亲询问我是否想留在此地工作时,望着眼前的空旷,我摇了摇头。

那年夏天,我又带着孩子去深圳旅游。与前次邂逅已相隔10年。这时,“拓荒牛”的勤奋形象与飞速的现代化建设,令我诧异不已！怎么也不能与第一次到深圳时所见到的罗湖关木桥、荒芜成片的山地联系在一起——那鳞次栉比的高层建筑，绿树草坪的休闲处所，世界之窗、野生动物园、民俗村等旅游景观，无不令人流连忘返。只遗憾当初的匆匆决定，使我错过了当个"深圳人"的机会。

再后来出差，是我第三次到深圳。展现在眼前的城市风貌，与前些年所见，更有日新月异之感："国贸"风姿犹存；拔地而起的"楼王"玉树临风；海洋公园的海底世界探秘，使人心旷神怡；招商银行等民间金融的崛起，意味着市场经济的繁荣与发展；宽阔整洁的深南大道，车流如梭，人往如织。

看着现代化的立体交通，不禁记起当初去沙头角时山路的颠簸。经济的发展，物质的丰富，前来购物的人们也只是怀着一颗平常心去东挑西拣，而不再有"抢购"的概念。

满眼的繁华，优美的环境，真是赏心悦目。记得听一位老深圳人说起，当初有句顺口溜形容还是小渔村的深圳："一条街，一栋楼，一个公园一只猴，一个警察看两头。"他告诉我们说，那时街上若来了个生面孔的外地人，没过一会儿，全街的人就都会知道。

面对深圳的发展，不禁想：如果没有党中央的英明决策和特区的优惠政策，没有一大批有识之士和科技人才，没有良好的社会环境，没有物质文明、精神文明的共同创建，就没有今天欣欣向荣、灿烂辉煌的深圳。

今天，我眼中的深圳，从一只雏鸟变成了一只振翅的大鹏，翱翔在南中国的天空。每天，翻开邮路远来的《深圳商报》，关注着深圳这座现代化城市方方面面的变化，几次到深圳的所见所感溢出笔端，最想说的是：悔未成为深圳人。

陈家书院

到广州出差，当地同仁热情地陪同我们参观陈家书院（又称陈家祠)，说是个挺有文化内涵的景点。

陈家书院是全国重点文物保护单位，建于清光绪十六年到二十年间(公元1890—1894年)。是当时广东省七十二县的陈姓宗亲合资共同兴建的“合族祠”，主要作为教育陈姓子女的书院而用。

书院内有五门三进深的空间，其院落之宽阔、建筑工艺之精湛、保存之完好，均令人叹为观止。建筑物内有木刻、石雕、砖雕、陶雕、灰塑、铜铁铸，壁画等不同风格，不同类型的艺术品。而那些精雕细琢中所包含的古代贤人哲理故事，更是寓意深刻，给后人以教育和启发。

陈家祠本身的管理也比较科学合理——为了充分利用空间，它的每个大厅被开辟成不同内容和特色的小展厅，分别展示着民间(或官方)的艺术精品。比如，栩栩如生的粤绣精品展，玲珑剔透的象牙骨雕展，传统特色的地方陶瓷工艺展等等。

另外有一些隔间，被用作小工艺品廊，供介绍和销售当地的工艺品及文字画册等。这样，使参观的内容更加丰富，也更加吸引游客的兴致。比如我们在展览中看到的大型象牙精雕，那是我们在市场上根本无法欣赏到的绝品。

书院内还有一项展览，也充分体现了当地的民俗风情，那就是“万兆泉雕塑展”。

从简介资料看，万先生从事雕塑已40年，具有自成一家的风格和手法。他撷取生活中的常见事物为内容，雕塑作品常以略带夸张的人物形象出现，如，鲁迅笔下的人物孔乙己、阿Q、祥林嫂、九斤老太等。又如，广东民间生活的细节撮田螺、爷孙下棋、说书人、爬门栅等等，从中可以想象出广东民间生活的轻松和风趣。这些作品幽默写实，生动活泼，让人看过之后忍俊不禁而又回味悠长。

每座雕塑除了作品的题目外，还有一位廖先生为内容配写的小诗，同样趣味横生，使雕塑内容越发变得丰富起来。

想必，这位万先生一定是位有着丰富生活积累的雕塑家，广东民风民俗饱含的深厚文化底蕴，也培养和造就了他。有如此良好的创作环境，迸发心无旁骛的创作灵感，从而刻画出民众喜闻乐见的作品来。

桂林即景

所谓“桂林山水甲天下”，我以为，一是指其独特的喀斯特地貌，二是指其秀丽的漓江水。要说起漓江、说起桂林山水，大家都能有许多的感想和体会，我们也是一样的。只不过，那些美丽的景点和漂亮的景色，不是我所能形容和描述的。所以，就拣一拣“遗珠”、描一描大致的印象吧。

我们在桂林，自然是“在乎山水之间也”。首先就参观了市内的景点芦笛岩。芦笛岩是一座大溶洞，洞内那漂亮的钟乳石，不知经过多少年代的变迁、多少岁月的磨砺，才得以形成今天的壮观。听说有风吹过溶洞时，会传出一阵阵如芦笛吹奏般好听的声音，故而称之。如今，洞内的景致经过一些人工修饰，加上不同色彩的灯光装扮，还有些朦胧迷幻的感觉呢。

象鼻山是桂林市内的地标山，坐落在漓江上游，远远望去，的确非常像一只正在喝水的大象。我们乘上游览船，沿着象鼻山周边转悠，顺着相邻的拇指山、伏波山、刘三姐对歌台等江景一一参观过去，听着导游讲解那山那水和那景的故事。回顾大家都已熟悉的故事内容，仿佛可以想象出，以“刘三姐”为代表的壮族同胞，正用自己勤劳双手和勇敢智慧，建设美好家园。

桂林的米粉也是非常有名的。南方的米粉随处可见，只是食法不同。我们那日的晚餐在一个特色米粉店里，吃到了几种不同做法做出的米粉，印象深刻的是“石锅米粉”。米粉其实是盛在一个铁砂锅内浓浓的乳汤里，用筷子夹起时，触到锅底下铺的一层鸽蛋大小的石子。据说此种做法其实简单——先将石子洗净后，放到锅里炒到热烫，铺到铁砂锅的底层，再把米粉和浓汤倒入即可。不过，吃起来好像真的与我们那里的米粉味道不同，大概更加精工细作的原因吧。

我们是从北往南乘汽车去桂林的，路上经过灵川县。灵川县为桂林市所辖，据当地人介绍说，境内有条水渠，名为“灵渠”，是秦朝时修建的，其水利功能与都江堰齐名。多少年过去，该渠虽然未作过大的整修，但仍然继续在为当地的农业灌溉调节发挥着巨大的作用。尤其是该渠独有的“倒坡”功能，可将洪水袭来时的冲沙拦挡住，使之沉入坝内，既可固堤，又可防止渠道阻塞。遗憾的是，由于自己的“孤陋寡闻”，事后才知道有如此著名的灵渠在此，结果错过前往一睹的机会。

走近南宁

新中国成立前，广西的首府在桂林，直到新中国成立后好些年仍然如是。后来，据说为了发展边远山区，也为更好地团结各族人民，便将首府迁到了自治区的腹地南宁。

作为一座新兴的城市，南宁的自然环境优美，城区街道整洁，到处绿树环抱，四季鲜花盛开。环城流过的邕江水，滋润着这个城市，也养育了一方壮族人民。由于是东盟博览会的固定举办城市，南宁已经成为对外开放的亮丽窗口。行政中心搬迁新区，带动了当地的城市建设和经济发展。

南宁的气候非常适合栽种果树。市区的每条街、每条路都栽种了果树，而且所栽种的品种各不相同，是为“一街一树一果”也。如此，既有绿荫，又有果香，还有城市特色，与合理规划的城市景观相得益彰。

今年是水果收获的大年。在南宁的水果市场，许多水果都便宜得令人惊讶，尤其这里盛产的芒果、木瓜、菠萝等。当地的同仁带我们逛农贸市场时，看到那么多闻得到香甜，外观又漂亮的水果堆在摊前，对我这个喜欢吃水果的人来说，直想当时就在市场里放开吃，哪怕吃得个肚圆嘴累气喘。呵呵！

除了水果，南宁的特产还有厨房切菜用的砧板（当地人称其为“铁木”），据说是附近龙山的产品。一块并不大的圆木板块，却是沉重得很。好在是随车去的，虽路遥，也带了两块回家。分别给父母和自己留用。当地同仁很内行地介绍说，此板使用前，要用烧沸的食用油（最好是猪油）往板上浇，直至浇透，再放阴凉处晾干。经过这样处理的砧板结实耐用，不容易开裂。

南宁的同仁在接待我们时曾调侃说，这是一个没有历史的城市。所以也没有名胜古迹可以参观。其实，有着勤劳智慧的各族人民在这里共同努力，建设现代化的花园城市，使她充满青春和活力。日积月累，这不就是一部很好的城市历史么？

南方北海

称之为北海，却坐落在广西的南端。站在北海的南岸，通过琼州海峡，可与海南的海口遥遥相望。据说北海市的行政区属曾经有过几次调整。从粤到桂，又回粤，再到桂。至今，北海市与广东相邻的地域之间，仍有较多的人员走动往来。

北海的户籍人口虽不算多，但城市的规划和建设却具长远眼光。我们在城区游览时看到，他们在道路兴建和植被栽种选择上，都显得比较大气。一眼望去，只见道路直阔、花红草绿、树木成林。再加上独特的海洋气候，使人感到非常舒适，的确是人居环境良好的沿海城市。

北海盛产珍珠，尤其海珠是当地的特产。其所辖的合浦县，历来被称作是“南珠之乡”。同仁带我们到珍珠市场一看，到处琳琅满目，一片“珠光宝气”。我忍不住买了几条价格适中、式样大众化的珍珠项链，带回去送给那些美女朋友。

北海的银滩是当地最有名的游览区。凡是到了北海的人,一般都会去那里洗洗海水浴或拣拣贝壳。我们几位女同胞,个个“叶公好龙”,嚷着要来,来了却只在海边看风光,没有下海去逐浪。于是从岸边小铺租了茶几和凳子,往沙滩上一放,再安好太阳伞,坐在那儿边品茶边看海潮翻卷,感受海风吹过的别样心情。惬意!

北海的海鲜非常丰富,从银滩出来,我们来到城市另一端的海岸,这里有水产养殖场和渔码头。当地人傍海搭起一长溜的海鲜排档,供前来游玩的客人一饱口福。各式各样的海鲜已经养在了水池里,任顾客现挑现选,摊主将选好的货品拿去烹煮,并以最快的速度端上桌让游客品尝。这时,大家热闹地挤坐在简单的小桌旁,手口并用地品尝着海鲜,边聊边领略海边风光。虽已是夜晚,却可望见天上星光闪闪、海边渔火点点,好一幅“内地人看海图”!

泰宁苦笋

吃过冬笋,留恋着那股淳厚爽口的味道;也尝过春笋,它又是一种清脆嫩滑的感觉。还有另外一种小竹笋,炒作时搁上酸菜、加点辣椒,就会是很好的下饭菜——酸菜笋,那种酸中带辣的滋味,刺激唾液加速分泌,顿使食欲大增。

夏秋之交时,居然也吃到了鲜笋。但此笋既不是冬笋,也不是春笋,而且入口时有很浓的一股苦涩味,像我这般喜食笋类之人都觉其苦得有些过分。或许,该叫它苦笋吧。

也就是最近的事。忙完单位分配的工作,有了些空闲。和几位同事一合计,趁着周末,到邻省的福建看“土楼”去了。闽南的土楼,被联合国教科文组织评为“世界文化遗产”。而我心中正好有个“遗产情结”——喜欢到文化或自然遗产所在地参观考察。

干打垒的土楼,坐落在闽南永定、南靖等县的山区。记得小时候在赣南老家,就听老人们说过,我们当地山区老表建造的房子很特别,称作"围屋"。此屋的整体结构相互依傍着,鸡犬之声相闻,节省材料、不浪费土地,而且最大的好处是防"盗匪"。只要将围屋两向的大门一闩,任凭什么"山贼",统统难以入内——除非能把房给拆了。所以说,"土楼"也好,"围屋"也罢,其形式和内容基本一致,都是劳动人民勤劳智慧的结晶。当然,这是一个题外话了。

参观土楼的另一个收获,是吃到了苦笋。乡下的饭菜有着浓郁的当地特色,价格也实惠。大多是采摘农家菜园里清淡可口的蔬菜烹制而成,其中就有他们在后山坡上挖的嫩笋。

吃了两餐饭,也就尝到了笋的两种做法:一是焖肉。即把笋和肉搁在一起烧,出锅后盛在盘里呈淡黄浅亮的颜色,油腻的肉搭上富含纤维的笋,味道互补,相得益彰,好吃。二是酸菜煮笋。此做法较前一种简单了许多,也就是一碗有笋又有酸菜的汤。但吃起来味道也不错,清爽淡素,令人胃口大开。之所以记忆深刻,是因为闲常在城里难得吃到这类时蔬。

回程的时候要途经我老家,宿一夜。到达时天色未晚,就近去看望了我的姑姑。没承想,她乡下的菜园子里就种有几株竹,而且长了那样的笋!临出门时还给我现挖了3只带走,说是让我回去尝尝家乡的"土菜"。

第二天回到家,按照小姑说的步骤,把笋子剥壳、汆煮、清漂,最后上锅加酸菜炒。端上桌时色相还好,闻着也香,只是不知哪道工序的火候未到,吃起来有些涩味。之后又打电话去"咨询",得知可能是煮和漂的时间不够,所以如此。后来再操作时,按提示去做,果真好吃了不少。但比起在土楼吃的味道,仍有差距。或许,是那一口新鲜感?

所谓人生百味,酸甜苦辣咸为其中的基本。想来,偶尔吃点苦笋,品尝有些苦涩的味道,也是生活中难得的事。犹如人们在历史长河边行走，经风见雨，品甜尝咸。从而丰富人生的经历、感受社会的过程、积淀生活的厚重，也算是对多彩生活的注脚吧。

武夷山并不遥远

作为世界自然和文化双遗产，地处闽西的武夷山，以其风光绮丽、丹霞山水而闻名于世。正巧，我过去的一位战友，两年前到上饶挂职，即将结束回昌，而我早就想过去看她。于是，去拜访成了“眉睫”之事。当然也欲借着此次机会，顺道上武夷山。

如果按里程算，从南昌到武夷山并不遥远：400 多公里的公路，如果是高速，则半天可达。但由于高速尚未修通，虽在近邻，从来未去过。只是心里把武夷山当作下一个想去的目的地，念叨着、想象着。

从上饶去武夷山，只有两个多小时的路程。途中，要翻过一座黄冈山。据说，黄冈山是武夷山的主峰，是同一座山在两省的不同叫法。由于武夷山先一步开发，且已打造出品牌，形成较好的旅游市场，得到社会的认同。而江西这侧的黄冈山，虽是主峰，却变成了“养在深闺人不识”的老姑娘。呵呵！

由于是利用周末去的，我们在武夷山的行程只有一天。导游建议我们上午爬天游峰，下午漂九曲溪。大家觉得这个安排合理，便照此行程游览。

天游峰其实并不高，海拔 400 米，整个山体的长度为 800 米。但令人惊奇的是，天游峰是由一座完整的巨大石块形成的独个山体。山的形状像一个“R”字，靠东侧是一垂直的整体剖面，如刀削般陡峭，岩上刻着“壁立万仞”，看来的确恰如其分。因为是石头山，所以基本不长草。只在山的缝隙处，看到艰难地生长着一些小草或灌木。

登山前，仰见山的险状，心里有些怵，不大想攀爬，因为平时基本不锻炼，恐爬不动。后来大家在一旁鼓动着，索性，既来之则爬之,倘若错过又后悔,岂不是难以弥补? 于是随大家一起爬了上去。事后,导游才告诉我们,当地有句俗话:到了武夷山,不爬天游峰等于白游,不看九曲溪等于白看。

爬山的过程其实还是挺有趣的,尤其是心无旁骛地往上攀登时。大家都希望赶快到达顶峰,去看山顶的风光! 我们随着人流,用了近一个小时上到山顶,途中基本没有驻足歇息。

据说遇到节假日时,爬山的人特别多,想要爬天游峰还得排队。而且,上山只能后人脚尖赶前人脚跟地往上去,由于山的陡峭,倘若有一处的人停下,则后面的所有人都得等着。因为,只此一条"通天"道。

上到峰顶,举目远眺,但见奇峰叠嶂,溪水蜿蜒,云天山水,尽收眼底。"会当临绝顶,一览众山小"的感觉和心境油然而生。虽然攀爬的过程气喘吁吁、汗如雨下,但最终我们顺利地登上山顶。应该说,这既游览了大自然、又进行了攀爬运动,是一种人生的享受呢!

途中遇到一件有趣的事:沿途有不少家长趁着暑假,也带着孩子来爬山。其中一个三口之家,好像是从湖南过来的。他们的小男孩不到三岁,虎头虎脑长得挺可爱的,脚上穿着一双小拖鞋,跟着爸爸妈妈爬上了天游峰,而且基本上是由他爸爸妈妈牵着手上来的。我们见状,夸他很勇敢,小男孩得意着呢! 可等到下山时,小孩非要骑在爸爸的脖子上不可,那情景把我们都逗乐了! 这么一个小小的孩童,竟如此的勇敢和顽强,真是"后生可畏"呀! 当然,更多的是可爱。

午饭后,我们开始乘竹排游九曲溪。竹排是由 8 根长毛竹捆扎起来的,两头过火后成弯曲上翘状。再把两个竹排拼到一起,可以乘坐 6 名游客,另有 2 位艄公划船。从一曲顺水漂到九曲,共要经过 18 道弯,9 公里多的水路。水虽不深,但弯道多,山岩壁立。摇排的艄公边撑篙,边跟我们聊着天。

记得电影《闪闪的红星》里有歌唱道:“小小竹排江中游,巍巍青山两岸走”。坐上竹排,随波逐流,感受的确如歌中所唱的那样,青山随着水在走。置身于风景如画的九曲溪,体验着山、水、天融为一体的美景,真是“抬头观奇峰,俯身赏游鱼”。

安坐在顺水而下的竹排上,一边用相机把沿溪美景揽入其中,一边听艄公描述着古老的传说。渐渐有一种“山随流水走,人坐画中游”的恍惚之感。看那浅处的溪水,稍有卵石叠起,便形成一道小小的激流,快速地把竹排冲下滩去,引得我们一阵惊叫!但多数还是平缓的溪流,使竹排如水中摇篮,悠悠的,同来的几人已耐不住地昏昏欲睡。我反倒一改中午犯困的习惯,兴致不减地游一路水,观两岸山。

游溪的途中才发现,有些很好看的景色,不在水上游是看不到的。这次漂流,使我们在竹排上看到“横看成岭侧成峰,远近高低各不同”的大自然之美。如,摩崖石刻、悬棺痕迹;又如,武夷岩茶、九曲游鱼;还有,岸边隐约可见的朱熹在武夷山创办的“理学书院”的旧址等等。这些,更增添了武夷山的历史文化氛围。

毕竟,我只是一名普通的游人,只能从一天来在武夷山的所见所闻中,感受这美丽奇特的山水风光、人文景致。虽然仅仅掀开武夷的一角,但已足够回味。同时,也为自己终于实现武夷游的心愿而高兴。

其实,武夷山离我们并不遥远。

上莲花峰

或许黄山的名气太大,当我们排队乘缆车登上山时,景点前早已是游人如织。排了半个多小时的队,终于等到缆车。缆车只上到山腰,景点是在下车后步行游览才能看到的。

迎客松所在的地方叫玉屏楼,游人们都慕名驻足观望这蜚声中外的“名树”。我们等候了半天,还是无法近前,只好踮起脚尖,将视线越过人们的头顶,远远地望了望那棵象征黄山的迎客松。

经过多年的修整改造,登黄山的路并不觉得艰难,只要拾级而上,顺其自然便可。每行到险处,旁边还有安全护栏和警示牌提醒游人。由于黄山景区的山峰在交叉维护,考虑时间的因素,我们选择了莲花峰。

导行图上标明:莲花峰海拔 1870 米,比光明顶还高几十米。看到这个高度时,心里有点怵。可是我们已经走到了半山腰,就是一半的路程。前望后顾,只见那些拄杖的老人们,被大人牵着的孩子们,都在努力而且快乐地攀登。我被眼前的这些情景感染着,被山顶的无限风光激励着。随着人流前行,陆续走过一个个山弯。时不时地仰头,望着那些已经登上峰顶的人们,身影如蚁,惊叹其峰之高险!

青山绿水的黄山真是座“天然氧吧”。一路上,我们呼吸着清新的空气,环顾着满眼的苍翠,感受着大自然对人类的恩赐。阳光透过疏枝恰到好处地撒落在人们身上,给我这个久未运动的人也带来了一些活力。

记起在生活中,往往也是因为惰性,因一念之差而放弃许多事情。随之而来的是遗憾、后悔,乃至失去补救的机会!于是,“登上山去,体验黄山的巅峰之美”化作了此行的坚强信念,也变成了攀登的实际行动。

终于,我们上到了莲花峰。站在莲花峰顶远眺,看那叠起的峰岩,层次高低错落,由内向外伸展着,的确如朵朵绽开的莲花。你看——高高的峰顶是它的蕊儿,登顶的人便是那些勤劳的蜂儿,大家竞相上攀,去采花啜粉,领略无限风光。在莲花峰的最高处,还可见高山相叠、云雾升腾、松涛盈耳,甚为壮观!

峰顶的平台处,有一座用花岗石打造的连心锁雕塑,周边缀着莲花。一条铁链扣在连心锁之间,以表心心相印之意。在那条并不粗壮的链子上，被祈祝家庭幸福的游客们挂满了大大小小的、形状各异的“连心锁”。据说，这样便能锁住对方的心，使之与己相亲相爱。多么美好的寓意！听得令人感动连连，虽然没去挂锁，还是靠在大锁旁拍了一张照，说不定也能沾上点福气呢！

不记得在哪里拜读过赞美黄山松的文章，评价其品格、气质、形象的美好。仔细观察，发现黄山松的外形果真长得奇特，斜叶横枝生出，整体如一把大伞般。而且，有不少松树是在石山缝中扎根，历经风吹雨打、日晒石炙，却巍然屹立，可见其生命力之顽强！

不知是黄山的风光吸引了我，还是松树的精神激励了我，两个多小时的山路走下来，居然毫无倦意。记得那年去某山，光是两个小时的下山路，回来便有一个星期的腰酸腿痛。心里寻思着，难道黄山与我有善缘？

游黄山下

下得黄山后，当地人推荐了黄山脚下几处颇具特色的民居景点。主要集中在黄山附近的歙县境内，景点相对集中，参观起来也方便。于是采纳了这个建议，并联系好出租车。

先到呈坎。这是一个村子的名字，而且是一个以八卦图形建筑布阵的村子。一进村口就是罗姓大祠堂，因为村里的居民均为罗姓。不知当年修建该村的主事人是否曾经学过周易，要不，何以把村庄排列得如迷宫般神秘莫测？就这样一个小小的村落民居，还是“全国重点文物保护单位”呢。由于我们只是在村里沿路走着，没有居高而观，也无法体会到“八卦”村的全貌，但是那些路径、那些房屋，的确显得古老而耐人寻味。

第二个景点是潜口民居。潜口民居其实是一个只供参观而无人居住的景点。这些民居，都是徽州明清时期不同风格的建筑，从各地已有的民居中拆迁集中于此，再统一按照原样搭建而成。为此，当地专门在一个山坡上辟地而修，使古老的民居得以妥善保存。前些年,潜口民居也被定为“全国重点文物保护单位”。据说明清时的徽派建筑,以“三雕”为特色,即砖雕、木雕、石雕,而其中又以砖雕最受推崇,而且工艺是最难的。经过这一介绍和指点,再来仔细观看这些古建筑,还真的具有这些特点。难怪业内人一提起“徽派建筑”,就将其作为建筑界的一个典范来介绍。

第三个景点是唐模村。这里主要体现江南水乡的景观,尤其是溪水沿街穿过村庄,把村子自然而然地镶嵌在溪水两岸,形成一座天然水景村。村头的那棵老樟树“声名远扬”——当年在拍摄黄梅戏电影《天仙配》时,曾作为“槐荫树”而闻名于世。至今,这棵老树还生长得郁郁葱葱。从村口顺着小路往前走不远,就可以看见一座牌坊,名为“恩荣同胞翰林坊”,意即两兄弟同时考中翰林,而皇上允许修建此牌坊。

最后参观的景点为“棠樾牌坊群”,又称为鲍家牌楼。是当地鲍姓人家自明至清几百年间所修建的七座牌坊,“忠、孝、节、义”均有。在参观中了解到,牌坊的修建是有规矩的,更不是谁都可以修建。它的规格一般分为几个档次:首为“御制”——皇上主动提出,国库掏钱修建;二为“恩荣”——皇上主动提出,自己掏钱修建;三为“圣旨”——申请皇上圣旨同意后,自己掏钱修建;四为“勅建”——皇上口头同意,自己掏钱修建。所以,不同的牌坊就有不同的称谓,也代表着不同的档次。棠樾牌坊群里的七座牌坊,涵盖了牌坊建造的所有规格,真可谓是“牌坊大全”啊!

导游还介绍了当地建筑的一个主要特点,是为“肥梁瘦柱莲花托,青砖黛瓦马头墙”。这两句话把徽派建筑的精髓作了很形象的概括,而且一看就明白。再比如一进民居内看到的天井,下雨时的雨水通过天井储存后,可以留作平时使用。还有的甚至挖沟将水引到自家的田里,叫“肥水不流外人田”。“天井”被当地人称之为“名堂”,想来,人们若说“没什么名堂”,恐怕也可指没什么好院落的意思了。“马头墙”又叫防火墙,墙体砌得很高,主要是为了防止邻家着火而殃及己宅,而且还可防盗贼攀爬。这些民居保存之完好,才使我们有机会看到那“庭院深深深几许”的深宅高院。

大部分的民宅大院,门前普遍有左右各一的石镜,称为“户对”;而门上的几根门钗,又叫“门当”。过去有钱人家的门当做得多,户对做得大,显示那是很有钱的殷实人家,所以择亲婚配时又称为“门当户对”。此外,有钱人家的女儿闺房多在楼上。那楼上的房子对外不开窗,对内却有一暗窗,窗下部装有栅格,又称“遮盖孔”,以供闺中小姐暗地观察来客情况。有多少姻缘,是透过这个“机关”来定夺的。上楼梯后,沿天井还修有一排倚靠凳,叫“美人靠”。女孩儿平时不能出门,便靠在那儿看书、观天、做女红以打发时间。

看过山下的民居村景,与黄山上的景色一样有特色、吸引人。而且,还听到那么多美丽的传说和民俗村情。想来,山有山的景,村有村的情。这些民间的文物瑰宝,同样承载着劳动人民创造世界的智慧结晶。

观岳阳楼

参观岳阳楼的那年,当地高速公路还没有开修,倒是107国道正在维修之中。结果路上塞车,直到下午4:30才抵岳阳。眼看时间已近下班,生怕赶不上看楼,于是联系好当地的同仁,请他们帮助带路,直接奔往岳阳楼。

岳阳楼坐落在洞庭湖边,站在楼上看湖可一览无余。因是阴天,又值黄昏,却看不清湖面。朦胧中,仿佛眼前不远处就是对岸,同仁笑答:此乃湖中芦苇,若水大时则会没入水中。你们此时来因湖水未上涨,故可得见之。

记得以前读范仲淹的《岳阳楼记》,知其中“先天下之忧而忧,后天下之乐而乐”二句,乃全文精华,惊叹古人何以觅得此佳句?

因仰慕范仲淹,早早就把瞻岳阳楼的计划酝酿过,今日亲见,算是圆满。

现存的岳阳楼是当时的原楼,所以早就被列入“全国重点文物保护单位”的范围。楼体为三层木质结构,有三个主要特点:一是没有基脚,平地而建。如果有必要,还可以整体托起移楼;二是整座建筑未用一颗铁钉,全为木楔之合,且毫无缝隙;三是房顶建有翘角房檐,可以起到既牢固又美观的作用,的确巧夺天工。

一进楼门的照壁上,是范仲淹所作的《岳阳楼记》。全文竖刻于精致的铁木板上,为清代书法家张照所书。一楼、二楼的楼堂内各有一幅,二楼的才是真品,何以如此呢?原来还有故事呢!

据传,一楼的赝品,原是当时岳阳的州官欲贪真品,事先命人仿了一幅假的换上,并将真品盗出,悄悄装船欲运回家。偏巧,船行到湖口时遇到大风,一个浪头将船打翻,真品亦沉入湖底。若干年后,有渔人打鱼时网住捞起,方知真相。虽是铁木,但由于沉湖已久,仍有几字被损。后来找能人仿照补好,不过仔细看还是有破绽。

三楼的正堂墙上,挂有一幅毛泽东录杜甫的诗。为1964年老人家路过此地时所录。诗中原句的“老病”,改为了“老去”。当地人分析,恐怕此字不是笔误。那时的背景是刚刚经过三年自然灾害,人民群众正从灾难中走出。

楼旁侧面后来又另建两个小亭。一为“仙梅阁”。据说当初修楼时,人们曾在原址上挖出了几棵老梅根。将其复植后居然又发了芽,俗称“成仙”了。一为“三醉亭”。传说八仙之一的吕洞宾路过此地时,曾喝了三次酒,三次均醉了过去。为此,三醉亭内的墙上还挂有一幅水墨画。画中,吕仙醉得斜卧在地,手中端着的酒杯早已空空,身旁一酒葫芦倒地,滴酒全无。吕仙左眼看葫芦,右眼望酒杯,眉毛、胡子、脚趾上的汗毛全都竖起——醉了。

台湾印象

初识宝岛

在台湾参访，有一种与生俱来的亲近感。这种感觉，源于早已埋在心底的“血浓于水”的同胞情。不论是参加相关活动，还是语言交流，都不会生分，真正体会到“龙的传人”这句话的深远含义。

记得出国考察时，到了异邦他地，心里总有些陌生的拘束感。即使是去到语言无障碍的“唐人街”，或者是华人数量较多的国度，或多或少地都会存在那种谨言慎行的心境。

唯其在台湾，无拘无束的接触和沟通、交流，亲近感油然而生。“一脉相承”的古语，也印证了大陆与台岛的亲缘和纽带。

我们参观“中山纪念堂”，缅怀孙中山先生这位革命先驱。中华五千年的文化，是我们祖先留下的宝贵财富。源远流长的同胞情怀，是我们谋求双赢的希冀和期盼。通过加强与台湾民众的交流和往来，寻找更多“求同存异”的地方。

台湾气候宜人，旅游业、IT 业、农业等十分发达。两岸“三通”以来，有更多的大陆游客到台湾观光，也推动了台湾旅游市场及相关产业的火爆。

初识宝岛，打破尘封在心底达半个多世纪的坚冰。参访台湾，见证大陆与台湾的骨肉相连、唇齿相依。两岸交流,带来的不仅仅是经济效益,更为消除旧隙、一切向前看创造良好的条件。

两岸三通

两岸三通以后,南昌也开通了直飞台北的航线。虽然不是每天都有,一般一周两班。但就目前的需求来讲,还是非常方便的。

一晚上的大雨未停。直到早上前往机场时,雨还在沥沥淅淅地下着。早上 8:20 的飞机,由昌北机场直飞台北的松山机场。如今,两岸的开放政策好,办理手续已经比较容易,我们没费什么周折就顺利出关。

航线的“裁弯取直”,使行程令人意想不到的快——一小时又五十分钟的时间,不过就如从南昌到海口的距离,就抵台了。入关亦简便,填好表、换好证即可。

因为时间还早——出机场大门时才十点半,导游安排我们先参观部分景点。孙中山纪念馆、广场、街景等,都走马观花地看了看。下午还参观了台北故宫博物院、士林官邸的花园(官邸的房子因维修期间未对外开放)。

曾经参观过庐山上的“美庐别墅”,也浮光掠影地看过一点中国近代史方面的书,所以对此并不陌生。尤其对“宋氏三姐妹”的关注,也间接地了解到一些她们在那个时期所起到的特殊作用,特别是宋庆龄先生,对中国革命作出了巨大的贡献。此外,也曾经听老辈人谈起过蒋经国先生 20 世纪 30 年代在赣南开展的“新生活运动”。

孙中山先生——这位中华共和的革命先驱者、“天下为公”的倡导者、辛亥革命的发起者、民国的开拓者,由于对他的景仰,到南京出差时更是专门到中山陵凭吊过。

台北故宫博物院的参观,的确精彩无比。里面展出的文物品种及等级,令人叹为观止!太漂亮、太精美、“太国宝”、太……了!

难以用语言来形容那些巧夺天工的传世之宝。在内地也参观过不少博物馆,但所看到的大部分文物,除北京故宫博物院以外,其他绝大多数都是出土的,而且不少都有残缺。用通俗的话来说,台北博物院的珍宝是“阳”——活人用的;而大陆文物多是“阴”——陪葬的。

时间关系,我们在台北博物院只匆匆看了几个特色展厅。即当地人称之为“酸肉白菜锅”的几件文物:酸肉——酷似五花肉的一块玛瑙和田玉雕;白菜——翡翠白玉雕;锅——毛公鼎。此外还有橄核微雕船、象牙传菜篮、珊瑚宝石佛、定窑婴儿枕、秦俑汉币官窑瓷等等,不胜枚举。

由于馆内不允许拍照,那些稀世珍宝只是过眼一瞥,走出展厅之后,就把大部分记忆留在了台北博物院。只是觉得这些文物非常好,好到难以用语言来表达和形容。

台北市府

台北市政府坐落在其市中心,与101大楼隔路相望。由于面对主要街道,又建有地下停车场,所以市政大楼前的广场看上去并不大,楼里面的空间也显得宽敞。

一进大厅,就有义工主动前来问询。得知我们是参观的游客,她们很客气地与我们打招呼,并了解我们是否需要帮助。

“台北城市探索馆”设在市政大厅的2—3楼,这是我们到市政大楼参观的主要项目。这个探索馆的陈列着重讲述了台北的城市发展历史、规模、现状,以及台湾省14个少数民族的形成过程。

“台北城市探索馆”的摆设和陈列,其实就是一个城市历史博物馆。展出的内容丰富、沿革清楚。既有图片、文字、雕塑展品,又有干花、干果、谷物等实物装饰,甚至还有栩栩如生的亭台、人物情景设计,通俗易懂。

之后,我们还对市政厅的布局进行了简单了解。值得一提的是"户政工作处"——该处就设在大厅内的一开放空间。靠过道一侧还摆放了几排凳子,供来访者等待和休息。休息处安装了一台某慈善机构赠送的"血压自动测量仪",任何人都可以在那里测血压——如果不会操作,还有义工帮助。大家过去试了一下,真的不错。可见,他们的服务还是挺人性化的。

对台北市政府大楼还有几点印象较深的地方:一是标识醒目。大楼内所有的机构名称和所在位置,都在进门后的大厅设有提示,让人一目了然。即使是临时性机构也一样,如某灯节指挥中心。二是环境别致。在进入大厅的几面墙上,张挂着不少反映儿童成长的活泼画作,也有一些高雅的抽象画,据说是为了调节气氛。在办公的地方见到这些画,倒是有点从拘谨到"还童"的感觉。三是设施齐备。无障碍通道随处可见——门厅、洗手间、扶手、轮椅楼梯等;入门处的携伞套、小纪念品门店(可供我等参观者购物留念)。四是管理到位。前来办事的人不少,但有序。听不到大声喧哗,那些义工的问询,也是低声小语。前来信访的人亦安静地坐在那里等候,按照先来后到的顺序谈事。

在市府大楼前后入门厅的地方,都栽种了一些小巧的植物或布置了简单流畅的墙上花饰,那些小品点缀得恰到好处。听说,"国际花博会"将在台北举办,在这个四季有花的城市,相信会取得好的效果。

观日月潭

日月潭原为两个相邻却独立的潭。圆形的叫日潭,长形的称月潭,合起则为日月潭,其总面积约8.3平方公里。为了充分利用水资源,当地依托该潭建起了水电站。电站筑起的闸坝使潭外的落差加大,而潭内的水平面上升。久而久之,即形成了"日月同体"的一潭。

我们到达时已是下午,还有些阴雾,能见度不是很好,所以拍出来的照片也有些朦朦胧胧的。不过，在船上看到日月潭的水面时，感觉那水的质量基本是好的：无色、无味、清澈、无杂质。

经导游介绍得知，当地比较注重环境保护，尤其注意对日月潭水质的保护。为此，还制定了专门的管理规定。比如，附近居民的生活污水，如果不经过先期净化，则不得直接排入潭内，倘若发生此事，就要按规定科以重罚。

管理单位还在日月潭的潭边建造了一些人工浮岛，以改善水质和环境。并且充分利用浮岛资源，在上面种植无土菜蔬。这样，既防止“富营养”水的产生，又能收获纯天然的生态菜，真是一举两得。记起上次参观陡水湖电站时，也曾经看到过此类“人工生态岛”，可见，不管在哪里，现在人们对水资源保护的意识越来越强，措施也是越来越得力了。

乘船到了潭的对岸，是山里面了。这里有些当地的土著民族居住，我们参观的是附近“邵族”聚居地。当地的族民为了接待游客，开设了不少售卖特产和工艺品的商店，好像生意不错，尤其是大陆来的游客，对这些商品兴趣很浓，往往都会有所收获。

小岛上有座“玄光寺”，是个非常小的“山顶寺”。寺内虽然只有一间正殿，“香火”却很旺，凡是上岛的游客都会进去看看。我也和大家进了殿，并舍点零钱“功德”一下。出门时，守寺的一位老人对我说，旁边书架上放有宣扬佛法的资料，可以免费取用。考虑到还有比较远的行程，不方便携带，但还是认真地站在那里读了读，不想拂了老人的好意。

中台禅寺

在我的印象中，无论是寺庙还是道观，抑或教堂，都是千年古刹，是静谧的所在。但是，这次我们参观的中台禅寺，却是一座现代建筑。

中台禅寺外观金碧辉煌、内看豪华大气，更有威望甚高的惟觉大师主持着寺院。也曾经出入过许多名山寺庙，可以说这是我所到过的唯一一座集艺术、学术、科学、教育、生活五位一体的有着现代意义的寺院。这里的僧众约一千人，机构设置非常齐全，而且采用现代化的办公模式，管理有序，吸引了众多的信徒和居士前来。

向我们作解说的是一位年仅二十多岁的女师傅，却已修行了六年多，如今仍在学研之中。看她年纪轻轻却口齿伶俐、道法熟悉，可见寺中在培养新人方面还是下了工夫的。尤其记得她介绍的佛法宣扬“对上以敬，对下以慈，对人以和，对事以真”的观点，教人一心向善，真不愧是以人为本。

据说，入寺庙、观大佛，可以净化人的心灵。中台禅寺供奉的大佛，我认为也是很有讲究的。禅寺的主楼有 16 层高，而每一层大殿的高度都有 3—4 层楼高，所以说，他们描述的 16 层，也只是一个概念性的说法。

禅寺主体殿的大佛安放，也有一个顺序。第一层（2 楼）“大雄宝殿”的主佛，是由淡粉灰为主色的大理石雕就的释迦牟尼佛。佛的神色端庄，双手自然摆放，盘腿坐莲；第二层（5 楼）“大庄严殿”的主佛，则是由花岗岩雕成的庐舍那佛。佛的外表由金粉装饰，且莲花高坐，伟岸华贵，令人望而生敬；第三层（9 楼）“大光明殿”的主佛，是由通体雪莹汉白玉雕刻的毗庐遮那佛。看上去纤尘不染，纯洁无华。我们在佛前双目微闭 1 分钟，从静谧中感受着来自佛的定力。不知道其他人是何感觉——我只觉得，在这尘世间，得到这片刻的心境安宁，有一种非常虔诚的感动。而且，热泪不由自主地盈盈于眶，想来，我与佛还是有缘的，呵呵。

三层主殿之上的最高处，是一座居中的全木结构的“药王塔”。塔身建筑为 7 层，寓意“救人一命胜造七级浮屠”。看来，拯救人间生灵还是佛教的第一要义。木塔的第一层塔墙，镌刻着《金刚经》的有关段落，希望来往行走的游人都念一念，也是行善积德的道理。

于是心里琢磨着，为什么反而是木质结构在最顶层？似乎意味着在经过了石——岩——玉三座辉煌的佛雕大殿之后，回到了木塔，回到了关心百姓疾苦，挽救众生安危的凡间。是不是其最高境界即“返璞归真”的意思？或许，这就是佛的本源吧。

清水断崖

台湾岛的东侧，与太平洋相毗邻。我们离开垦丁往东线北行时，就是随着太平洋岸的高速公路行走，台湾人把这段路称之为“清水断崖”。据说，因为太平洋的水清澈如许，为之“清水”；而公路又是顺着“壁立千仞”的陡峭山边开凿，故称“断崖”。

在洛杉矶时，也曾经看到过太平洋岸。不过，只是仅仅观光某一海滩的旅游景点。而台湾东部的“清水断崖”，则是沿着台岛东侧的海岸线公路北上，似乎不止是刚开始行走的十几公里的公路。因为时不时都能看到沿山傍岸太平洋的全部风光，浩浩渺渺，延伸天际。

那两天，正是岛内天气骤变的时候。刚刚穿了几天衬衫，体会这里的暖和，就遇上冷空气南下，把带来的能穿的衣服，统统都往身上套。即使如此，也还是感到冷湿难耐。而且，因为台湾本身是亚热带气候，气温普遍偏高，所以运营的巴士车上一般只安装了制冷空调。密闭的环境，要开空调换气，吹出来的自然是嗖嗖冷风，把我们一个个冻得够呛。

最遗憾的是参观“三仙台”风景点时。那里地势险要，有一“MM”造型的海上人行桥与一小岛相连，供游人们上岛领略旖旎风光。但是，那天的海风非常大，卷起的海浪也非常高，人都站不住脚，而且还下着雨。太平洋的浪以排山倒海般的气势冲向岸边。这样一来，我们只有快速地走到旁边的“望海亭”，远远地看了看桥那边的“三仙台”，无奈地原路返回。如果真要强行过桥，恐怕就被疾风给卷到海里去了。

直到第二天,雨才渐渐停下来,风也小了许多。我们能够更好地东望美丽的太平洋了——那是从台东到花莲的路上。望不尽的洋面,可以看见水分三色:远处为墨绿,中间是深蓝,近岸则成浅蓝了。大风大浪,潮起潮落,难怪人们形容大海是"无风三尺浪",更何况大洋！恐怕只会是"有过之而无不及"。

台湾当地为了防止大浪冲击沿岸山体、引发泥石流等灾害,在沿着洋岸的海滩旁,投放了很多阻止浪涌的混凝土墩,他们称之为"消波块"或者"防波墩"。这种东西非常沉重结实,形状也有些像突兀变形的铁锚,造价虽然比较高,但由于其防波的作用不错,在当地得到推广。

此外,台岛东岸的沙滩颜色也有些意思。记得我在大陆看到的海岸沙滩上沙的颜色,多为米色或淡色,而台湾东岸的沙滩却基本为黑色。虽被海浪常年冲刷,仍然保持其黑色不变。

台北小吃

还未赴台时,曾经到过台湾的同事就介绍说,到了台北,一定要去吃一吃当地的特色小吃,感觉非常不错。

其实,不用专门去找寻那些特色小吃。因为在后来的用餐过程中,经常可以品尝到一些特色菜肴或点心,都是我们原来没有吃过甚至没有见过的。对吃过的那些小吃,印象较深的有二:

首先要提到的是"麻薯"——在台湾的食品包装袋上,这两个字的左边都要加一个"米"字旁,因为没找到那字,只好以此代之。这麻薯,就是糯米粉里面加上馅儿,我们这里称之为"糯米团子"的吃食。但又有些不一样,那个味道、品种、工艺等,似乎都要讲究些。那日,在一个食品特产店,导游给我品尝了一个刚刚做好的红豆麻薯,非常细腻,入口即融,又不粘牙,味道好极了！后来在垦丁的饭店用餐,还吃到了冰奶油馅儿的,也是很有味道,外形亦漂亮。

直到今天,还觉得回味悠长呢!

其次要说"蚵仔煎"——当地人念 ǒu ā jiān。最早,在看央视访台节目介绍此点心时,就记住了这种当地的小吃。所以那次到"小吃街"逛时,先就去寻"久闻大名"的"蚵仔煎"。真是平常——一般的摊子都有这道吃食。摊主的操作也有意思:将平锅上微火,舀一勺面糊摊开,上面放些蚵仔,然后磕个鸡蛋搅碎,两面翻煎至熟。起锅时在碟底铺一菜叶,上放"蚵仔煎",再佐以甜辣酱,吃起来别有风味。

在去往屏东的路上,我们还吃过台湾正宗牛肉面——在台湾上过报纸的四姐妹经营的"台湾牛"牛肉面店。据说,马英九先生也在她们店里吃过面,而且赞不绝口,如今已在全台湾多地开设连锁店。牛肉面店里除了面条,还有各种特色牛杂小菜,做得非常精致,味道也很好。如果一份面不够吃,还可以随时免费添加面条,直到吃饱。但是,千万不要浪费哦!

漫说茶道

因为晕车,在上阿里山的盘山公路上,我坐在驾驶员旁边的导游座位。导游看我晕得难受,为了分散我的注意力,便和我聊了起来,聊的是茶。一旁的驾驶员听了有趣,间或也插上几句话。确实,中国人的饮茶史上可追溯到先秦时期。我们这些有年纪的人,大多每天都会与茶接触——主要是喝茶。但是,像我这样不懂茶的人,即使喝着茶,也品不出茶的个中味来,更不明白何为"道"了。

在台湾,他们推崇的是喝乌龙茶,据说乌龙茶的茶树最早是从福建引进的,经过多年的改良,已经"自成体系",而且比较讲究泡"功夫茶"。从他们介绍的情况看,要喝好这个茶,喝出韵味来,还真是不那么容易呢。

导游泡茶,是用90℃的开水,据说这个温度泡出来的茶味道比较好。第一道泡的水常常用来冲洗壶、杯,到第二道及以后泡的,才是真正的茶汤。但要注意的是,开水在茶叶中停留的时间不要超过 30 秒,就赶紧倒在杯子里喝,而且最好用紫砂壶来泡,如此,味道感觉会比较纯。一般每次茶叶可泡 7—8 回,少泡可惜,多泡无味。

泡茶还有一个重要的事是“养壶”。常见的操作步骤是:壶里一边泡着茶,一边拿柔软的干布擦拭着壶的外表,而且要不停地擦着。时间一长,那茶的味道入了壶壁,连颜色都与茶融为一体了。此外,一个壶最好只泡一种茶叶,茶汤的味道才正。如果一泡杂,就容易串味,那壶也就失去价值了。据说“养壶”的最高境界是:只倒白开水入壶,都能喝出原茶的味道来。嗬!不知是否确有其事。

驾驶员的“茶道”更有趣:他是将 5 把紫砂壶一起“养”着,每天轮流泡茶。如今,那壶的颜色都快接近茶的颜色了。他叹道,泡进紫砂壶里面的茶叶钱有十几万台币!可是,倘若有哪天没泡茶喝,就会坐立不安、不知所措了。他给我们举了一个例子:一次,女儿蹒跚着走过来,把他的壶碰摔了,他第一反应是急得抓住女儿的衣领拎到了一旁。据说他为那把壶心疼了很久,此后再不敢把壶放在女儿够得着的地方了。

醉茶说。常常听说醉酒,很少听说醉茶,但是据说茶喝浓了、深了、过了,也会出现“醉态”。只是,茶醉不会如酒醉般令人失去理智,而是浑身不自在,心跳难受,手足无措。倘若遇到此类情况时,只要吃些糖果或点心,就能得到缓解——他们称之为“喂茶”。(现在记起来了,无怪乎商店里有专门的“茶点”售卖。)

原来,一杯看似简单的茶,其中竟有这么复杂而深奥的道理。

另类思考

大陆与台湾,同祖同宗,同根同源。这在一入台岛时,就能感受到中华民族这种“血浓于水”的亲切。它既没有海外“唐人街”

的“洋”味,也没有华人聚居他国社区的拘谨——台湾就是台湾,是我们实实在在认同的那种“与生俱来”的熟悉。

台湾在语言文字应用方面的讲究,也透着一股民族文化的书卷气:纯正的遣词造句,认真规范的书写等。就连彼此交谈时的话语,也一样的让人感到规矩厚重。

——对生活的思考

台湾人的主流生活观念相对较正统,生活上也注意检点,说起婚姻家庭,普遍给人的感觉是认真的。尤其官场,政界官员极少传出绯闻,否则,政治前途完矣。

由于台湾在岛,不能自产的东西物品都要靠进口,所以在生活中他们比较注意精打细算。如在餐馆吃牛肉面时,每碗面的量不会很多,怕吃不完浪费。但如果客人不够吃,则还可以免费再添,直到吃饱。

在礼节方面,他们也是比较讲究的。尤其在正式的会谈、宴请场合,对着装的要求、时间的把握、讲话的措辞以及礼品的赠送等,都有相应的章法。

——对管理的思考

在台参访时,由于接触面有限,只是浮光掠影地感受到一些他们的管理过程。所以只能就所到之处的个人感受,举几个例子。

记得我们刚出机场,导游就给我们人手一册印刷精美的“大陆游客须知”。其中读到几条关于控烟的规定,条文中被告知:3人以上工作场所及公共场所全面禁烟。因为台湾的“烟害防制规定”说明,如有违者,最高罚款新台币一万元。即使“烟瘾”很重的人,此时都自觉遵守——因为其科罚重重。

比如我们在博物院、101大楼等景点参观时,他们的讲解基本都与国际接轨——为每位游客配有“随身听”。讲解即使轻声细语,我们也能通过耳机听得清楚,而且不会影响周边旁人。

再说件趣事:那天晚上到附近找小吃,结果回来时偏偏走错了道——本是到圆山饭店去的,却顺着圆山公园上山的步道走到了后山的寺庙里。去时并不觉得,返回过程就有些忐忑了。毕竟,我们两位女性行走在陌生的地方,而且四周静谧无人。山上只有一条小道,其余皆为参天古树及丛生藤绊的森林,灯光幽暗,心觉紧张,唯恐他遇。但半个小时一路走来,却安然无恙。

——对旅游的思考

前不久,在央视新闻中得知,台当局每天向大陆开放前往台岛的人数为 7200 人(指旅游办证的人)。按 10 天的游程算,平均每天在台的大陆游客就有 72000 人。相对于一个面积只有 2200 多平方公里的台岛来说,的确有一定压力。

不过,旅游所带来的好处是显而易见的:带活了当地的旅游经济和百姓就业,带动了旅游产业的兴旺和特色购物。不少台岛人都惊叹大陆游客的购买力如此之强,离台时,一个个大包小包,肩扛手提,当地人也一个个赚得盆满钵满,的确是“双赢”。

目前,大陆到台的游客都还在热衷于环岛游。我相信,随着时间的推移和市场的开发,深度游、专题游、休闲游、购物游等,会越来越受到各个层面的欢迎。在来往的线路、赴台期间的行程安排、景点推介以及费用等方面,也将会越来成熟。

赣鄱之春

走马龙虎山

龙虎山在贵溪县境内，属鹰潭市管辖，距省城100多公里。多年前，单位曾经组织过大家去春游，因为晕车厉害，怕给大家添麻烦，所以就放弃了。此后，一直未有合适的机会，直到近日路过，才算是来到了曾经错过的龙虎山。

龙虎山景区由两部分组成，一为天师府，一为仙水岩。前为道观，后为山水及悬棺。据说，龙虎山有“小桂林”之称。绕仙水岩的那条江称为泸溪，又名“上清河”。

时间关系，此次游览的只是仙水岩景区。时值中午，我们登船逆水而上。太阳直射小船天蓬，又值盛夏，所以被晒了个正着。真难为了随船的导游小姐，只见她面无表情地在重复着解说过无数遍的景点介绍词。

过了一段水路后，船停到岸边的一个村落，当地人称之为“无蚊村”。据说，那里的村民虽傍山而居，但却从不用蚊帐，且更无蚊虫叮咬。因为周边有一种叫“无蚊草”的植物，它长满了村子的四周，而此草既可观赏，又能防蚊。

回程时，我们改乘竹筏漂流。从竹筏上，可以清楚地看见岸边峭壁上存放着的年代久远的悬棺。惊叹古人的智慧和胆略，不知如何抬放上去的。以致今人研究模拟了多年，都未能完全得出结论而解开悬棺之谜，央视几年前的一个节目里还做过连续报道。

龙虎山最为人称道的是“看得说不得”的仙水岩景。下船上岸后，转过一侧山岩，那岩的外形恰如女性外生殖器——所以人们又称这景为“大地之母”。定睛端详，还真是鬼斧神工，浑然天成。据传，若干年前曾有一眼细泉从岩缝中潺潺流出，很是生动，却不知何时起干涸了。

在离仙水岩稍远处还有一处山景，叫金枪峰，又被称为“大地之父”，它的寓意正好与仙水岩相互印证。但因时间关系，我们未近前去参观。据说，前来游览的人们，不论是男性还是女性，基本上是奔仙水岩而去的。

2010 年，联合国教科文组织将龙虎山等国内的 6 个景点，共同作为丹霞地貌列入世界自然遗产的范围。其实，龙虎山的悬棺之谜，也应该作为一种文化及其渊源来研究。或许，与道教的发祥有关呢？

古衙旧联

浮梁古县衙建于公元 961 年，是当时朝廷推行吏治的一个很好见证。我们在景德镇出差时，会务上安排与会人员参观此古衙。

由于我们参观时旧衙还在修整，正坐落在一片菜地之中，早已看不出往日的威严和肃然。墙上画的一幅“衙门全景图”，标出了久远之前的兴盛。但现存建筑早因为年久失修而损毁严重，与图中所描的庭院房屋已相去甚远。但是，那由外至内的、镌刻在门柱、高墙上的一幅幅对联，仔细读来却发人深省。

我不敢断言当时的统治者们都能如联中所撰来为官行事。但仅就楹联的内容而说，其哲理、其警示、其文笔等，不仅有风采，而且很感人。于是，一边看、一边行，也一边匆匆地将那些楹联抄在了纸头上。回来整理之余,又加上一番个人的理解和心得。虽知纯属“狗尾续貂”式的理解,但实是喜欢,也就顾不得文理与句章了。

“工堪比官斧斤利刃随手携来因材而用;

医可喻政磺硝猛剂有时投下看病如何。”

理解:做官和做工相似,用不同的工具(方法)对待和处理不同的事物。因此,要恰到好处地使人尽其才、物尽其用;为政同如行医,根据不同的疾患而对症治疗,开出相应的药方,以取得最佳的效果。

“埋怨狱关节不通自是阎罗之象;

赈灾黎慈悲无量依然菩萨心肠。”

理解:前句指秉公断案不受干扰,不管通过什么关系过来,均铁面无私;后句说要体谅老百姓疾苦,为他们谋取利益,排忧解难,更要有爱心善意。

“法合理与情倘能三字兼收广无怨狱;

清须勤且慎莫谓一钱不要便是好官。”

理解:公正执法,将法、理、情三者结合,注意处理问题的原则性与灵活性相统一,以杜绝冤假错案;当官要讲究清、勤、慎的把握,不能认为只要不中饱私囊,便心安理得。要想方设法为百姓着想,多做好事实事。

“欺人如欺天毋自欺也;

负民即负国何忍负之。”

理解:认认真真做事,老老实实做人,全心全意为人民群众服务,不辜负老百姓的信任和期待。

“得一官不荣失一官不辱勿说一官无用地方全靠一官;

吃百姓之饭穿百姓之衣莫道百姓可欺自己也是百姓。”

理解:这幅联或许是官员的自勉之辞。一是说官吏对地方治理的重要性,但无论身居何职,处何贵境,都要拿得起,放得下,宠辱不惊，泰然自若；二是说维护百姓利益的重要性。没有人民便没有官吏的用武之地，官员也是从百姓中来，要胸怀坦荡，精诚为民。

“为正不在多言须息息从省身克己而出；

当官务持大体思事事皆民生图计所关。”

理解：当官者，为政之道要公道正派，克己奉公，以身作则。要胸怀大局，以民为本，从大处着眼，小处着手，处理事情要见微知著，亲力亲为。

“民心即在吾心信不易乎敬尔公先慎尔独；

国事常如家事力所能勉持其平还酌其通。”

理解：心里要时时装着百姓，遇事要走群众路线，发扬民主作风，要经常自省自警。此外，还要具备相应的工作能力，妥善处理好矛盾，解决好问题。要公平公正公道，则“公生明，廉生威”。

“法行无亲，令行无故；赏疑唯重，罚疑唯轻。”

理解：依法办事，遵守规章制度。不论亲疏，一视同仁，令则行，禁则止，赏罚分明；以赏为主，以罚为辅。也就是说，以表扬奖励为主，以批评惩罚为辅，多在激励人们的上进心，以免罚重而造成难以挽回的后果。古时有辅佐帝者进言曰：“治乱国用重典，治顺国用轻典。”即是这个道理。

由此可见，不管是哪个朝代，统治阶级对吏治的重视，对官员的要求，都是严格的。如品行品德、清正廉洁、服从中央，以及勤奋工作，踏实做人，等等。撇开时代的因素，撇开做官的角度，对我们今天做人做事而言，也是很值得学习和借鉴的。

龟峰掠影

这还是20世纪80年代的事情。那次，我参加了医院的医疗队，赴弋阳县某乡工作一个月。还没去弋阳时，就听人说起那里有座龟峰，风景可与庐山媲美。所以医疗队的工作一结束，我们就乘兴前往。老天照顾，刚好头天下了场雨，空气亦不太干燥，为我们在夏天爬山增添了不少凉爽。

进入龟峰景区没走多远，就可看见左侧的一座石岭，岭上石峰突起，甚像一只仰着头的龟趴在了那里。往前紧接着就是一条石头隧道。隧道长约80米，全是天然石山由人工雕凿而成。这里的石山较多，基本上呈丹霞地貌。据说周边几个县的老百姓，他们建房时，大多都会到附近开采这些石头来使用。如此，既坚固耐用，又省钱省事。

当地的陪同给我们讲了一个美丽的传说：在遥远的过去，这里曾经是一片大海，称之为东海，里面住着东海龙王。一日玉帝召宴毕，东海龙王邀西海龙王到其龙宫里游玩。西海龙王见到东海龙宫如此瑰丽，心生夺意，回去罗集兵将攻打东海。东海龙王派出大母龟应战，经交兵后不敌，大母龟战死。因其还有儿女在龙宫，心里放不下，故临死时仍翘首张望——我们刚进山时所见的那只大石龟，便是它的化身。而其儿女们见母亲迟迟未归，便爬到山顶处找寻，它们一个踩着一个的背，向前张望着，时间一长，化成了现在的"三叠龟"——这就是龟峰的主峰。主峰的侧面有座"老人峰"，颇似一位长须老者端坐其上。据传它是东海的外交使者，所以西海龙王攻打东海时并未难为他，仍让他作为龙宫的看守人留下了——真是一段凄美动人的故事。

沿着石阶拾级而上，两旁古树参天，翠竹玉立。沿途景点一一看来，如"梳妆台"、系列石刻、邵式平先生（江西省第一任省长）的题字等，既有自然风光，又有人文景观。过了"一线天"，就到了"四声谷"，据说在这里扯着嗓子喊一声，可收到四重声的效果。于是斗胆站到洞口，朝里面鼓着腮帮子吼了起来，虽不见四声，倒也闻及一二回声，恐是中气略逊罢。

龟峰有36座峰。为此，有人在地势较高处建了一座"三十六峰楼"。据说站在楼上远眺，龟峰所属的36座峰均可尽收眼底，故而名之。当年国民党一旅长患肺结核，见此地风景不错，遂建楼欲在此疗养，但楼建好后他已不在人世。此后该楼便一直空着，偶有看山人过往照料。

云雾三清

到上饶开一个系统的会议。会后，主办单位安排我们前往三清山游览。三清山在玉山县境内，从县城出发到三清山，大约有40多公里的距离。大约一个小时，我们就到达山脚下。

初看此山，给人的感觉是一座正在开发过程中的、奇特险峻的大石头山。山峰的最高海拔为1817米，因是阴雨天气，视线所到之处，只见云山雾罩、朦朦胧胧，有一种神秘的感觉。仰头看过去，是那郁郁葱葱、高大挺拔的大树，还有铺满山峦缝隙的灌木丛。

那时，通往山上的道路正在修建之中。不过，上山的缆车已经开通——是半个月前才修建完工的。和所有的风景点一样，山上的吃、住、用以及建设所需物资，均要从山下运送到山上去。

在去三清山的路上，就慢慢体会到了这里的清新空气、绿树蓝天、云雾缭绕。绝无城市里常见的污染。按常规说，看山应在天晴时。但我们上山时，正遇上阴天小雨。任凭你有再好的视力，那远处的风光也无法看清，只有凭想象去“雾里看花”了。

缆车是在半个月前安装好的，正在试运行之中。我们到了缆车站，正待乘缆车上山，却被告知缆车需要进行维护，暂不开通。看来，我们只好爬山登峰了。刚刚才走出50米远，就听得后面有人喊：“缆车已经修好，不用爬山啦！”于是，我们其中的大部分人又都赶紧朝缆车方向奔了过去。

据说三清山的索道是当时亚洲最长的，运行到半山腰的缆车站需时35分钟；运行的落差也是最大的，其中有一段路线，缆车与缆绳形成了一个夹角，看上去有些“悬”！整个线上的缆车共有双人车厢129个，我和省里的王大姐共乘一个车厢上山。后来，在乘坐过程中出现的故事，很有点“扣人心弦”的感觉。呵呵！

刚刚运行没多久，缆车突然慢悠悠地停住了。正巧外面飘来一片云雾，一点儿也看不清旁边的景物，我们还以为是惯性下坡，所以感觉动静不是那么大。等云雾缓缓过去后定睛一看，才发现原来停电了！我们开始感到了些许惊恐，不由记起乘电梯时遇到停电时的情景。

我们两个女伴，呆坐在那里四手相握，我的手在出汗，她却手心冰凉。为了缓解紧张情绪，拿出随身带着的玉米棒子等零食来吃，边吃边互相安慰和鼓励。直到几分钟后来电，我们的心才从“悬起”回复到正常。及至快到站时，又遭遇了一次短暂的停电，这下我们相信这缆车的确还在磨合维护期。不过，这次凭借刚才经历的停电经验，已经很有些“临危不惧”的镇静。终于，到达了山腰的缆车站。

缆车站设在半山腰。我们下车之后还要继续往上攀爬，才能看到峰顶的美景。上山的路是由一块块条石码成的阶梯，比较规整，也还算好走——因为我们是乘缆车上的山，所以走起来并不累。天空中的云层很厚，一副晴不起来的样子，朦朦胧胧地洇得一头雾水。而且视线模模糊糊，根本看不清数米外的景致。或许，今天“不识此山真面目”是老天为了给我们留点遗憾，希望以后常来走动才这样的。不过，我倒真的愿意有机会再来看看。

在主景区看的第一个景点是“一线天”。“一线天”不光两侧的山仞立笔直，而且还有些陡。仰头看上去，只见两侧的山都往中间靠过来，最后果真只能见到一条线的天空了。好在有台阶，还能容一人行走。倘若中途交会，必须侧身挤挨着才能过去。

再往上行，就看到了玉台峰的“姐妹松”。虽说是树木，似乎也通人性，那亭亭的外形、那亲密无间的神态，仔细琢磨，这个比喻还挺形象的。这些年过去，不知“姐妹松”还好否？上得玉台，“神女峰”和“巨蟒出洞”便在眼前。远眺“神女”，峰顶的头形，略卷曲呈波浪，看上去倒更像是位现代女性。不过就自然的景色而言，太近观反倒显得呆板。还不如找个合适的角度，远远地望去，会更形象、更生动些。无怪乎说"距离产生美感"，恐怕也是这个道理。

如果说"自古华山一条道"，那么，上三清山的路也只有一条（不算缆车的话）。大部分下山的人都在山腰的缆车站那儿，等着缆车过来。有了上山时停电的经历，我们一行人相约着走路下山，以消除停电带来的心理反应，顺便还可以看看乘缆车时看不到的路边景色。

走路下山的过程，的确贯穿在"游山观景"之中。除了"火箭峰"，因为雾大而未见到"真容"外，其他的如"船头石"、"杜鹃戏石"等，都是走在路旁就可以近瞧的。还有沿峡而流的潺潺山溪水、茂密的森林与灌木，以及那些不知名的花草藤根。

走路下山约摸用了两个多小时。途中陆续遇到挑着担往山上送物资的山民，他们大多是男性青壮年，挑的也都是些山上所需要用的米、菜、日常用品和水泥、石灰等东西。采取的也是最原始的挑、扛等方法。将物资送上山，比如运水泥：挑的人将一袋水泥一分为二，套在绳子上用扁担挑肩；而扛的人则将一袋水泥直接放在肩上，另一肩用木杈支撑着肩背处的重量，以保持平衡。

歇脚时，他们为了承住重量而不放下肩来，只将木杈支在石阶上，所以实际上只是算半歇着。看着他们一步一移地负重而行，不由得想，农民从刀耕火种到机械化的现实还有多远的距离？还需要多长时间才能使他们解脱肩担背扛？为此曾就利用缆车的优势来搬运货物上山，问过歇脚的挑担人。答曰，不可能，因为运价太高。看来，最吃苦耐劳的还是这些山民们。抑或，在这大山的开发过程中所带动的物资运输，本身就是当地山民的一条挣钱之路？

顺利地回到山下，已是晚饭时分。由于体力消耗较大，晚饭后大家都早早地歇息了。等到第二天早晨起来，才感到腿脚酸痛得已经不听使唤，连下蹲都困难。开始还担心别人说我"娇气"而没有声张，后来一了解，头天走路下山的人，基本上都呈我般症状！

呵呵,腿酸也有伴!

游陡水

上犹县在1958年修建的陡水电站,是赣南当时最大的水电站,其发挥的供电和灌溉功用众所周知。由于十几岁就离开赣南到省城,而上犹离我的家乡也有较远路程,所以一直没有去那里看过。

前几年回赣州,家人说,陡水电站现在经过开发,不仅是一座单纯的水库,而且成了旅游景区,风光还挺不错的呢!于是就萌生去看看的念头。今年国庆休假,回家看望父母。正值秋高气爽,丹桂飘香。刚好有车,便和父亲、小弟一起去上犹游览陡水水库。从赣州去上犹县的路其实很好走,不到一小时的车程便抵达,随后出县城再往西行十几公里就是陡水。

陡水的确早已是旅游热点了,恰好国庆长假,前来旅游的人还真是不少。从言语口音看,既有旅行社带来的外地客人;也有像我这样特地过来看景的;更有附近的百姓,趁着农闲和家人来游玩的。

在码头,我们没有上快艇去冲浪,而是选择乘坐大一点的机动船。因为大船的速度较缓,可以更好地仔细欣赏山水风光。说是大些的船,其实最多能坐四五十人的样子,但比较平稳。再加上水面风平浪静,还是挺舒适的。

或许是当地比较注重水质的保护,陡水湖的水看上去还挺清澈的。坐在船上,有风吹过来,也感觉到清新的味道。水边,渔民自己搭起的小木屋,就像一道简朴的风景。每个木屋外的延伸处,大都搭有一方小木架,上面正茂盛地生长着绿油油的水蕹菜。看来,这种因地制宜的无土栽培,既可以吸收水里的高营养物质来净化水环境,还可以生产无公害蔬菜,真是一举两得的好事。

船在水上破浪前行,巡看两岸青山美景,是一个过程。途中,还有专门辟出的几个小岛，岛上有民族风情舞表演，以及一些其他的游览项目，供游人观赏游玩。考虑时间关系，我们没有在此驻足。因为听说还有一个岛，那里栽种的全是适合当地生长的、较为珍贵的树木。这样，我们就直接上了冠以“赣南树木园”之称的水中之岛。

树木园，仍然是由水环着的景观。上岛时已是中午，艳阳高照，水面波光粼粼。沿着近水的路行走着，边看对面的山坡树木倒映在水中，恰似一幅天成的图画，真是漂亮！赶紧打开相机，把这静谧而美丽的秋景摄入储存卡中，好回去欣赏一番。

一路走去，可以看到不少的树前都挂着铭牌，标明树种、适生地等介绍。如肉托竹柏、南酸枣树、苏铁、柔枝红千层、水杉等等。大都是我们平时在城里没见过或见不着的树木，的确是名副其实的树木园。

在园里，相邻的两座小岛之间还安设了吊桥，游人们可以从此岛通行到彼岛去参观。考虑到老父亲的行走安全，我自己也穿错了鞋出来——有些高跟的皮鞋，便没再往里去了。想必，那边的风景应该也是很好看的罢。不过又一想，留点遗憾也好，算是个悬念。或许哪天得空，又再转来看景了呢？

中午用餐时，听说附近的后山有瀑布，大家都想再去领略另外一种风光。于是，我们又到后山去看瀑布了。

约摸走了十几分钟的路，远远地便可听到流水声，并看到瀑布的一些端倪了。及至近前，在竹林掩映处的山窝里，但见一川瀑布正飞流直下！由于山体的陡峭，水流在中途没有停顿成叠，而是笔直跃跌到潭，倒是使这瀑布显得壮观起来。

我们在潭边小坐片刻后，又以瀑布为背景留影。只有小弟，全然没有教授的矜持，脱鞋下潭，迎着瀑布张开双臂欢呼着。或许，是山的宁静，是水的奔腾，使他暂时忘却了工作的繁杂。

不禁令人联想起，有多少如璞玉般不知名的秀美景色，也和这瀑布一样，藏在深山茅草间，难得人们待见。但与那些著名景点相比，恐怕只是“美色不同面”的“大家闺秀”与“小家碧玉”的区别吧！

便又发出一些感慨：只要有休假，还真先得回家来，把家乡的山水美景看个够，以弥补“少小离家”的遗憾。如此，也好从心里去领略“还是俺的家乡好”之更深层的内涵。

踏雪明月山

最近，我们到名为明月山的地方去了一次。

明月山在江西的西部，属宜春市辖。过去的许多年，它并不叫明月山，而是作为武功山东侧的一个山脉。

由于明月山傍着温汤镇，爬山的、休闲的、泡温泉的人渐渐多了起来。文人墨客的访古探幽、地理史学的寻根考证络绎不绝。再加上当地百姓有发展经济的迫切愿望，把个明月山的文章做得风生水起。于是，关于明月山的传说，亦很快地丰富起来。

与此同时，也吸引我们一次次的旧地重游，欲把明月山的风景和人文看在眼里，装在心里。这次，我们就是奔着明月山去的。一路上，当地的朋友谈古说今地介绍着明月山，也说起了宜春。大家调侃地提到我们曾经耳熟能详的两句广告语——“宜春，一个叫春的城市”。此句城市宣传的口号一提出来，立马引来了人们善意的玩笑。不过，不管是不是这个口号的原因，如今这宜春的知名度，倒是越来越高了。

“爱我，就带我去明月山。”这句广告语，很有些女孩儿小鸟依人的味道。但是，听起来又是那么的温馨和贴切。对呀，明月山既然好，而你又对我好，当然就会带我去明月山啦！再加上到明月山爬山和泡温泉可以一举两得，自然有越来越多的人会选择这里。

“暮云收尽溢清寒，银汉无声转玉盘。”刚刚吟起苏轼的诗，就走到了明月山下的玉盘广场。或许，就是因为此诗，才有广场的此名吧！紧接着，一座大型雕塑收入眼底：一位面朝明月山的美女张开双臂，立在一弧弯月间。仿佛演绎着李煜“无言独上西楼，月如钩”的意境。我们纷纷以自己的心思揣度着，那明月仙姑是如何去奔月的。

沿着石板和卵石铺就的小道上山，虽然是雪天，路边小溪的水仍然潺潺地流着，似乎印证着“明月松间照，清泉石上流”的古诗。一路走去，每几步开外就立有一个诗碑，似乎要把世间咏月的佳句，都刻在上面。比如，辛弃疾的“谁做冰壶浮世界，最怜玉斧修节时。”张若虚的“玉户帘中卷不去，捣衣砧上拂还来。”当然，还有不少是再创作的新诗呢！

明月山的气温比宜春城里要低好几度。一路上，飘飘洒洒的雪花早已给绿树裹上了银装。因为这样的天气和温度，管理部门为了安全起见，停开了上明月山的缆车。于是，大家抖擞精神，踏雪明月山。

记起了红楼梦的一段描写：大观园起诗社，姐妹们起哄，要宝玉在皑皑白雪之下，到翠栊庵前去求得一枝红梅，以期为诗社添雅。所以才会有“踏雪寻梅”的好故事。而今天，我们这一群“俗人”，虽然前来踏雪，却没有诗社好起，更没有红梅好寻。不过，大家都有一个好心情，这个好心情来源于看看雪中的明月山。

往日热闹的明月山，今天显得格外静谧，因为，今天我们是唯一的踏雪看山人。踏着积雪前行，想到苏轼有词：“明月几时有？把酒问青天”。是啊，我们到了明月山，明月却躲到天外去了。所以，有时候的阴差阳错，却往往成就一段佳话。要不，哪有嫦娥奔月的神话流传至今呢。

明月山的雪景其实挺好看。远眺山顶，只见云蒸雾绕，好像一幅浑然天成的水墨画作品。山腰上，两条缆车线安静地停驻在那里，车厢外面落满了雪花，仿佛远行过后正在小憩。眼前，那些年轻人一点儿也不惧寒，把积雪拢成小球，塞到他人的脖子里，引来一片叫闹声和欢笑声。

路两旁的树木,并没有因为寒冬而落叶,依然郁郁葱葱地接纳着雪花。成片青翠的竹林,也张开小小的叶尖,任由雪花停留在上面。就连那些石块,也错落有致地被雪花装扮着,和旁边的茅草一起,渲染着雪天的独特景致。

虽然,我们没有登上明月山,一览山顶的美丽风光。不过,我们在明月山广场前,已经品到了"独钓寒江雪"的惬意和韵味。那么,就留点神秘,待下回再细细地领略吧!